黄山市黄山区人民法院干警文学作品选辑

甘棠树下

张大文◎主编

杜鹏飞题

时代出版传媒股份有限公司
安徽文艺出版社

图书在版编目（ＣＩＰ）数据

甘棠树下/张大文主编. —合肥：安徽文艺出版社,2019.6
（2024.7 重印）
ISBN 978-7-5396-6555-9

Ⅰ．①甘… Ⅱ．①张… Ⅲ．①散文集－中国－当代②
小说集－中国－当代 Ⅳ．①I217.1

中国版本图书馆 CIP 数据核字(2019)第 017639 号

出 版 人：姚 巍
责任编辑：周 康 　　　　装帧设计：张诚鑫

出版发行：安徽文艺出版社 　www.awpub.com
地 　　址：合肥市翡翠路 1118 号 　邮政编码：230071
营 销 部：(0551)63533889
印 　　制：安徽芜湖新华印务有限责任公司 (0553)3916126

开本：700×1000 　1/16 　印张：14.5 　字数：200 千字
版次：2019 年 6 月第 1 版
印次：2024 年 7 月第 2 次印刷
定价：68.00 元

目　　录

序

让人生多一分色彩

黄立华

　　黄山市黄山区法院的干警在繁忙的本职工作之余,有着对文学创作的强烈热爱和浓厚兴趣。他们不仅有着法律人所应有的理性和严谨,同时还有着文学爱好者的情思与绵密,在维护着法律尊严的同时,还驰骋着他们对生活的向往和未来的憧憬。读者现在看到的这本文学作品集《甘棠树下》就是一个很好的说明。

　　集内作品主要包括散文和小说,而散文又有历史随笔、文化感悟、山水游记、生活随想等等,尽管各人的文笔熟练不一,但每一篇作品都写得非常认真和诚挚。张大文一向擅长散文创作,他的与徽州历史、山水有关的几篇作品,既透出他对故土的眷恋,也体现了他自己在这片土地上生活、行走的思考。李平曾写出过《夏日的风暴》《天下祁红》等作品,是一个很具有潜力的作者,本书收入了他两个长篇的片段,显示出他在小说创作上的新的探索。程园园是位80后青年作者,工作和生活之中的点点滴滴在她眼里都有化作文学情思的地方。另有崔志强、楚伟清、凌菊飞等人的作品也各自体现了他们对生活的热爱、对工作的激情。总之,读罢这部作品,让我感到文学所具有的魅力,它能使人的生活多一分色彩,也多一分希冀。出版本书的出发点在于促进法院的文化建设,但实际的收获远不止于此。它会激励更多的业余作者拿起笔来表现他们的家乡、他们的生活和他们的愿景,从而推动群众文学创作的繁荣。而对作品收录书中的作者,也会成为一个新的起点,去寻求文学写作的更高境界。在为《甘棠树下》这部作品出版点赞的同时,我也期待作为我市乃至省内群众文学创作具有良好基础和氛围的黄山区能涌现出更多更好的文学作者和作品。

(黄立华,黄山学院教授,黄山市作家协会主席)

楚伟清作品

楚伟清,男,1966年4月出生,安徽无为人,黄山区作家协会会员、黄山区太极拳运动协会会员。现任黄山区人民法院研究室主任。先后在《黄山日报》《太平湖文艺》等报刊发表散文10余篇。平时爱好跑步、登山、读书、写字,相信平行世界里还有一个更优秀的自己。

回忆叔外公

　　我的亲外公一直生活在太平,一生平平淡淡,10多年前就去世了。而叔外公翟大耀的性格与外公刚好相反,他性格开朗,敢作敢为,年轻时就参加了新四军。他是我们家族的骄傲,参加过孟良崮、淮海、渡江等重大战役,一生有数不尽的传奇。他的家乡在龙门乡,因当时归泾县管辖,所以籍贯一直填写的是泾县。《泾县专刊》曾刊载过叔外公的事迹。叔外公1921年降生在龙门乡小河口附近的一个叫黄荆的村落里。小河口这个地名现在已经不复存在了,但在太平湖还没有形成前是一个热闹繁华的渡口,它位于青弋江的上游,西向流入的舒溪河与南向流入的麻川河在这儿交汇。新四军军部驻泾县云岭时,小河口一带是新四军后方守备处,建有兵工厂、印刷所、蜡烛厂、肥皂厂、纱布厂和后方医院。听母亲说,小时候叔外公是个天不怕地不怕的人物,18岁那年他参加新四军,在小河口后方医院担任卫生员。叔外公在小河口医院前后工作了3年,1940年皖南事变前随军北上。中华人民共和国成立后,叔外公先后在西安、贵阳等地工作,离休前担任第三机械工业局和贵航工业管理局副局长,曾获得"献身航空工业三十年荣誉证"和航空航天部"振兴航空工业"劳动模范称号。

我第一次见到叔外公和叔外婆是在20多年前。他们回到了阔别已久的家乡太平,在我家住了大约一个星期。他们白天走访新四军老战士,晚上同我们在一起聊天。叔外公那时候只有60多岁,穿着笔挺的中山装,举止有度,言谈之间给人一种亲和力。他身材高大,嗓音洪亮,健谈风趣,记忆力非常好,脸上始终挂着微笑,对每一个熟悉的家乡人都要一一问及。叔外公喜欢看书读报,但是到了休息时间,叔外婆一准叫他把书放下,按时就寝。叔外婆不仅能写一手娟秀的钢笔字,做事也很利索,早上我还在床上呼呼大睡时,叔外公和叔外婆就起床了,把家里收拾得干干净净,叔外婆连我的换洗衣服也给洗了。父亲从单位食堂打来饭菜,虽然很简陋,但他们却吃得很香。吃完饭叔外婆会抢先收拾碗筷,拿到外间的水龙头下清洗。有一次聊天时,叔外公讲述了他在小河口后方医院工作的一段经历。那是1939年2月的一天,叔外公见到了当时担任中共中央副主席、南方局书记的周恩来和担任新四军军长的叶挺,亲耳聆听了周恩来副主席与身边战士关于抗战到底的讲话。叔外公说,那次一听说周恩来副主席要来视察后方医院,便不要命地飞奔赶去,生怕失去了见到周恩来副主席的机会,可是一不小心重重地摔倒在地。他卷起裤筒露出右腿膝盖,指点我们看那处终生留下的疤痕。我们知道,这道疤痕不是疼痛的象征,而是对那段珍贵历史的见证。在见到周恩来之后不久,叔外公还见到了到小河口采访的美国著名记者艾格尼丝·史沫特莱女士。我父亲说,你要把这些记录下来,这可是一段值得永久珍藏的历史。

2011年4月28日,我出差到贵州,由在贵阳工作的伯伯陪同,来到小河区 300 医院看望了叔外公。叔外公躺在三楼的特护病床上,见我们到来,格外高兴。我们在病房里陪着他聊了很长时间,他告诉我,自己的身体机能都很正常,就是肺部呼吸有些困难,整天都需要吸氧,躺在病床上已经有两年了。他思维非常清晰,语言流利,问了家乡的很多事情,问到龙门、小河口和黄荆。我告诉他,那里已经成了太平湖风景区了。我还告诉他,从太平到泾县桃花潭开通了道路,在湖上架起了两座大桥,还开通了河西隧道。他说,要是再回去可能都找不到过去的印象了。叔外婆说话也比较多,她告诉我叔外公是哪一天住院的,到现在已经是两年几个月多少天了,还说她自己摔跤了,髋关节骨折,也在医院里住了很长时间。在我和叔外公聊天的时候,叔外婆一直陪着我们。我还好几次看到叔外婆俯下身子,在叔外公的耳边喁喁私语。我拿出相机想给他们照张相片,叔外公将手举到鼻孔附近,摘掉插着的吸氧管,接着从病床上爬了起来。他对我说,你到贵州来一趟不容易,也可能是我们最后一次见面了,合张影,留个纪念吧。叔外婆用毛巾为他擦了一把脸,又为他梳理了头发,然后我们在一起合了影。

我注意到叔外婆对叔外公照顾得无微不至。他们俩一同走过了 60 多个春秋,一直相濡以沫,相亲相爱。叔外公也是一名医术精湛的外科医生。在一次激烈的战斗中,他正在救护所里救治从前线抬下来的伤员,敌军的炮弹呼啸着落在我军的阵地上,很多战士英勇牺牲,救护所也被炮弹击中。叔外公被压在一堵坍塌的土墙下昏迷过去,不知过了多长时间才苏醒过来,他艰难地爬出废墟,在好心人的帮助下才捡回了一条生命。"文革"期间,叔外公竟然因这件事受到冲击,有人说他丢掉了宝贵的医疗器械,还有人说他是被敌军逮捕叛变的,因而他被关进了"牛棚"受到迫害。在这期间,叔外婆默默地操持着这个家,带着三个孩子,含辛茹苦。

晚年的叔外婆对叔外公的生活起居照顾得更加细心周到,她为他做可口的菜肴,每天都要为他买来新鲜的水果,陪着他散步,说一些让人开心的事情。两人恩恩爱爱,如影随形。在叔外公床头的一本影集里,我看到叔外公与叔外婆的一张合影,叔外公身着西服,打着领结,站在叔外婆的身后,叔外婆则披着婚纱,脸上化着淡妆,那是他们在金婚纪念日专门到婚纱影楼拍摄的。"死生契阔,与子成说;执子之手,与子偕老",他们真正做到了。"我能想到最浪漫的事,就是和你一起慢慢变老,一路上收藏点点滴滴的欢笑,留到以后坐着摇椅慢慢聊,直到我们老得哪儿也去不了,你还依然把我当成手心里的宝。"我想,这首《最浪漫的事》的歌词写的就是我叔外公叔外婆那样的浪漫爱情。

92岁的叔外公一脸慈祥,微笑着对我说,他在贵阳的战友中只剩下他一个还活着,他早就应该去见老战友了,没有什么可怕的。

今年春节,听到舅舅告诉我们叔外公去世和叔外婆住院的消息,我禁不住伤心流泪。虽然我一生中仅见过他几次,但是叔外公的音容笑貌总是浮现在我的耳边眼前,总觉得他并没有离开我们,他还会回到黄山这个他一生眷念着的故乡。写下这些文字,一方面寄托我的哀思,愿他一路走好,同时也祝愿叔外婆保重身体,早日康复。

跑步,遇见另一个自己

> 跑步是我日常生活的一个支柱。只要跑步,我便感到快乐。
>
> ——村上春树

一

我总是相信,在平行世界里有另一个自己,就是不知道我们如何遇见。

有一天,起床吃早饭后无所事事,偶然看见窗外阳光倾泻进来,照射在我从书店买回来的那本村上春树的《当我跑步时,我谈些什么》的书上。我捧起书,仔仔细细地阅读起来。

在一个合适的时间里我阅读了一本合适的书,这本书恰到好处地弥补了我精神上的黑洞。村上春树的文字充满平淡的味道,一种蓝调的音乐气息像是一股血液在我的身体里静静地流淌。阅读那一段段耐人寻味的文字,如饮甘泉,如沐春风,感觉自己孱弱的身体重新恢复了力量。

我所需要的只是切换慵懒的生活模式,向过去的自己告别,重新开启全新的生活,找到那个真实的自我。我还要做的事就是用我的华丽转身去弥补我因为一味地工作而给亲人们带来的亏欠。

"从明天起,做一个幸福的人,读书跑步,努力工作,关心身体和心情,成为最好的自己。"我当天将跑步时的随拍发至微信好友圈,还配了这样一段话。

二

我开始跑步,是在 2015 年 10 月。2016 年,我给自己定下了一个目标,一年跑 1000 公里。我几乎每天都在跑步。

开始我并没有把跑步当成是一件享受的事情,仅仅把跑步当成是对生活中的苟且的一种对抗。我把跑步时间安排在清晨,那时候人少,也不会遇见什么熟人,由此你也足以看出我的心理真的不够强大。

在我的身体里住着"扑哧小鬼",他就是纽约漫画家马修・因曼所著的《我烦死跑步了,我爱死跑步了》漫画书的一个形象,他总是以各种各样的理由阻止你去跑步。在冰冷的早晨或是宁静的夜晚,让你感觉还是睡在温暖的被窝或是躺在柔软的沙发上比较舒服。

我的目标就是如何对付这个扑哧小鬼。正是那些看似寻常的生活恶习给我的身心带来了疲惫,日复一日的生活让我变得越来越平庸。扑哧小鬼不仅仅阻止我去跑步,也阻止了我享受工作和生活的乐趣。每次跑步时的痛苦感觉都会给我带来诸如此类的冥想。

刚开始与其说是跑步,还不如说是走路,每跑几十米便哼哧哼哧气喘不休,两条腿像灌了铅一样,只能是走走跑跑,跑跑走走。渐渐地,跑量由少到多,最后跑10公里也能做到不停下一次脚步。

我缺乏很多优秀的品质,比如自信、坚持,总是觉得自己差人一等,总是在别人的评价里生活。我心里想,跑步这么简单的一件事情,我一定要坚持下来。冬天,我迎着冰冷刺骨的寒风奔跑;夏天,我在热气蒸腾中奔跑。作为一个经常跑步的人,我真的相信大脑在跑步时会分泌出一种神奇的使人快乐的叫作内啡肽的物质。

我的家乡有山有湖,森林茂密,空气清新,非常适合像跑步、登

山、骑行这样的户外活动。如果雨后初晴,你跑步经过的山川、田园、村舍、湖泊构成了一幅幅天然的水墨画卷。周一到周五,我会在城区附近选择不同的路线去跑。双休日我会选择一天时间,邀上几个朋友登山远足,欣赏山野的风光。

渐渐地我喜欢上了跑步,喜欢上了跑步之后的放松。每次夜跑之后,回家冲一个淋浴,然后享受一夜不醒的深度睡眠。而在以前,由于饮酒或是加班,生物钟彻底紊乱,晚上休息不好,整整一个白天都打不起精神,更说不上在自己的工作岗位上履职尽责了。

2016 年,于我而言是不平凡的一年,我付出了许多汗水,有着许多意想不到的收获。这一年我一共跑了 3076.13 公里,每个月的跑量都在 200 公里以上,最多的是 1 月份,我跑了 391.92 公里。这是作为学生时代体育特别差的我从来没有想过的一个数字,说出来我身边的人几乎没有一个会相信。

"我发现你精神了很多,和以前真的不一样了。"路上遇到关心我的人这样对我说。

三

2016 年元旦,我第一次参加了"黄山太平跑团"的新春约跑活动,跑团让我认识了很多热爱跑步的牛人。他们在微信群、QQ 群经常晒跑步路线图,交流跑步经验,或者约定时间跑步。在咕咚手机软件每天每周都有排行榜,看到跑友们刷轨迹图和跑量,便告诉自己不应该懒惰,一有时间就要热身跑步。

2016 年 4 月,在跑友的鼓动下,我参加了人生中第一个跑步赛事——乐驰油菜花马拉松,参加人数 1000 人。这次马拉松是在我家乡附近的两个古村落之间举行的,即从古村查济到桃花潭,全程 21.0975 公里。我第一次接触到运动芯片、参赛包、运动补给、兔子(Pacer)等等这样的名词,感觉特别新奇。村民们都站在跑道的两侧为跑友呐喊助威。记得经过厚岸、万村古村落时,跑道两侧,人群伸出一长排手臂,我也学着其他参赛队员的样子,与他们击掌、握手,那种场面实在让我激动万分,眼泪莫名地流了下来。这次我的半程赛事为 209 名。2016 年 10 月,我又参加了池州环平天湖国际半程马拉松竞赛,跑道环池州平天湖,刚刚好是一个"半马",我取得了 157 名的最好成绩。

两个半马我都轻松地跑了下来,而且平时跑了许多线上"半马",总觉得跑一个"全马"才算是跑过马拉松的人。2016 年 11 月,我与太平跑团的 37 名跑友参加了合肥国际马拉松赛,这也是安徽最大的国际体育赛事,参赛人数 2.6 万人,中央电视台对赛事进行了全程现场直播。我第一次报了全程,在腿脚抽筋的情况下,最后还是坚持跑完了全程,获得第 427 名。

跑步不仅为我打开了生活之门,还影响了身边的很多人,他们看我跑步,也加入了运动的行列。

四

爱因斯坦说过这样一段话:要是我们想要生命中有些改变,就需要去尝试一些我们从来没有做过的事情，才能有改变的可能。如果我们在信仰、工作、婚姻、家庭、生活、健康上遇到了挑战，不如从改变自己开始，通过改变自己，与外界建立美好的关系，包括我们的身体、我们每天生活的环境。

我打算像村上春树那样跑步，直跑到生命的尽头。我也渐渐地喜欢上了文艺，喜欢上了阅读和看电影，《阿甘正传》就是我最喜欢的一部片子。我总觉得只要自己一步一步地跑，就能改变自己，变得聪明健康，内心强大。说不定有一天我真的会突破了自己，找到那个平行世界里的另一个自己。

大洋湖归来

大洋湖位于黄山西北端,这里峰峦起伏,山势陡峭,景色秀丽,距黄山北大门芙蓉岭和耿城镇辅村均不超过 5 公里,交通方便快捷。每年四五月间,野生杜鹃花竞相绽放,是黄山大洋湖的最美时节。

五一这天,我们一行沿着蜿蜒曲折的山路登上了洋湖矶,穿行在海拔 1000 多米的山脊上,像是赶赴一场野生杜鹃花带给我们的视觉盛宴。漫山遍野的杜鹃花在峻峭的黄山山峰和蓝天白云的映衬下显得格外娇媚,让人眼花缭乱,目不暇接。站立于海拔 1060 米的洋湖尖上,东南方向险峻的黄山芙蓉峰、探头峰、引针峰、九龙峰、翠微峰历历在目,西北向的山脊宛如一条盘旋腾飞的巨龙,黄山北门的太平小城和西门的焦村小镇一览无余。山坡上,不仅有一层层绿色的茶园,而且还有一片片红色的杜鹃。山顶的空气特别新鲜,不时能听到婉转的鸟鸣声,置身此境,让人觉得舒适惬意,心旷神怡。

大洋湖归来,那一幅幅唯美的画面仍停留于脑际,不觉对杜鹃花萌生出一种极其喜爱之情。杜鹃花,又名映山红,是世界著名花卉,也是我国十大名花之一。古人把杜鹃花喻为花中西施,白居易诗云:"闲折两枝持在手,细看不是人间有。花中此物似西施,芙蓉芍药皆嬤母。"而黄山杜鹃更是一个特殊的花种,是安徽省省花、黄山市市花。黄山杜鹃常常是几十棵成片分布,形成花海,给人带来极其强烈的视觉冲击。然而,近几年由于人类活动的干扰,特别是茶园的开辟,野生杜鹃的分布逐步缩小。据了解,黄山周边少数乡镇尚未对野生杜鹃保护引起高度重视,出于利益需求,村民上山采挖杜鹃现象时有发生,甚至有外地人到当地大量收购杜鹃现象。这些行为可能会给黄山周边野生杜鹃带来严重的威胁,让人十分担心。

保护和有效利用大洋湖野生杜鹃资源,意义深远。建议政府部门加大对采挖、偷运野生杜鹃等不法行为的打击力度;加大投入在大洋湖建设生态步道和观光平台,对景观带控制茶叶种植面积,并进行黄山杜鹃繁殖或补种,增强视觉效果,全力打造世界级的最佳摄影点和野生杜鹃花公园,形成杜鹃花文化;适时举办大洋湖杜鹃花摄影节,运用各种媒体,积极宣传引导,让全区人民共同维护好大洋湖杜鹃花海盛景,使之成为黄山市生态旅游城市的又一特色亮点。

汤岭古道考略

汤岭古道位于黄山西南部，从焦村粟溪坦开始，经伏牛岭、钓桥庵、汤岭关、五里桥、试剑石、鸣弦泉、三叠泉、虎头岩至汤泉，全长 30 余里。从黄山西大门登山，粟溪坦（小岭脚）至汤岭关 20 里，为上石阶路段；汤岭关至汤泉 10 里，为下石阶路段。两段都有溪流相伴。前段叫云门溪，源出云门峰，又有称之为榆花溪，因谷中多榆树而得名；后段为桃花溪，源出莲花峰。沿途依次有紫云峰、石人峰、云际峰、云门峰、浮丘峰、桃花峰等，峰峦叠翠，鸟语花香，景色宜人。这条石道从何时建成，已不可考。据元人汪泽民《游黄山记》，汤岭古道在 1340 年以前就已建成，至少有 650 年的历史。据《黄山志》记载：清代太平居士陈珊瑞曾捐款修石阶路，民国初年（1912 年），其孙陈少舟又重新修整，民国二十八年（1939 年），黄山建设委员会用赈济款 4.8 万元雇工整修石道。这条绵长的古道上有众多的人文古迹，更有许多值得人们去探究的历史文化。

繁华历史

汤岭古道是从西部登黄山的主要线路，也是向黄山运送生活物资的主要道路,有人称之为"生命线"。石道上有不少古石桥,从焦村粟溪坦开始,有方源桥、延寿桥、续古桥、乾坑桥、兴安桥、五里桥等。不少古桥梁、古凉亭仍保存完好,许多古碑刻仍历历在目。从这些遗留的人文古迹上,我们依稀看到当年古道上人来人往、络绎不绝的盛况。

据黄海散人所著《黄山指南》一书分析,当时古道繁华主要有两个原因:一是运送物资。"黄山东南所属歙县之汤口、苦竹溪、冈村、芳村、杨村至黄山谷口一带,通称黄山源。黄山源田少山多,居民以苞芦(玉米)为正粮,若米须由太平、旌德两县接济。"黄山南大门一带主要生产茶叶、萝菔(萝卜)、竹笋,而不产大米、酒和其他生活用品。而黄山西大门的焦村一带,古时称"太平西乡",有香汤溪、竹溪和汤刘溪三条河流灌溉,田地广阔,物产丰饶,有"肉米之乡"之称,自然成了黄山南大门一带粮油物资的供应之地。"黄山源居民好酒,又不产酒,仰给太平焦村双溪镇,谓之溪酒。故汤岭酒担,每日不断。"二是佛事。《黄山指南》记载:"凡鸣锣香客,每年7月起至10月止,汤岭道上每日不断,口念九华、齐云、黄山文殊菩萨,南无阿弥陀佛声随锣起沿途不息。"黄山现存寺、庙、庵遗址160多处,历史上曾经是一座佛教名山。慈光阁、云谷寺、翠微寺、松谷寺为黄山四大寺庙,信徒众多,香客如云。而从九华山而来,到齐云山而去的朝山香客,多是经过汤岭古道。从地理位置分析,焦村位于黄山西部,这里离长江沿岸较近,从北方来的古人多从长江乘船先到池州或铜陵,弃舟登岸后先至西坡的焦村镇,再踩着这条石板大道,进入黄山景区。

黄帝遗迹

相传"黟山神仙所居,轩辕黄帝与左右丞相容成子、浮丘公来此修身炼丹"。汤岭古道有不少遗迹与此传说有关。

桃花溪,相传为黄帝采药处。从汤岭下至汤泉,桃花溪一直伴随左右。传说桃花峰下沿谷旧有桃树万棵,花盛时,满山皆赤;花谢时,落红满溪。霞光艳影,脂蓄粉凝,极为美丽。当年轩辕黄帝为了得道升天,命左右丞相容成子、浮丘公领着一些臣子和侍从,来到江南黟山炼丹。浮丘公在炼丹峰炼丹,容成子伴黄帝在溪畔采药。百花姑娘们听说黄帝驾到,争相出来迎接。桃花姑娘最是满面春风,深得黄帝喜欢,便命容成子带领臣子、侍从,披星踏露,将满山的桃树一起挖来栽在溪旁。年复一年,渐渐长成了十里桃林。这清清的山溪水,也被人们叫作桃花溪了。汤岭关至五里桥的溪流中,还可看到药铫和药臼,相传就是当年黄帝制药时留下的。

汤岭古道起点粟溪坦附近,有一个著名的景点,叫双龙潭。左为白云溪,源出西海峡谷,右为香菇溪,源出云门峰、浮丘峰。两水在此汇合后,形成一个绿色的深潭,面积约50平方米。在深潭的上方石壁上,有5个口小腹大的冰臼,口径0.6米,内径0.8米,深1.2米,水色清亮,名"戏珠井"。

浮丘峰,海拔1683米,又名轿顶峰,东与云门峰仅隔一源,峰顶有浮丘公仙迹。峰下旧有浮丘观。浮丘观建于唐朝初年,唐会昌年间(841—846)被拆毁,明宣德年间(1426—1435年)道人鲍兴重建。现观已圮废,仅存丹灶石坛旧迹。陈世川《浮丘庙》诗云:"浮丘羽化几经年,千仞青溪有洞天。丹灶石床依旧在,云深何处问神仙?"

钓桥庵

说起汤岭古道,不能不说石人峰下的钓桥庵。古时沿汤岭古道,有不少庵堂,如竹林庵、钓桥庵、航海庵、横坑庵、茅蓬庵等。钓桥庵的地理位置最有特点,也是仅有的一所保存下来的庵堂。从焦村到粟溪坦,经方源桥、延寿桥、棋盘石,即可到达钓桥庵。钓桥庵后有罗汉叠坐,东侧有石人峰,为三十六大峰之一,海拔1310米。峰体小而险峻,峰顶有石,酷似两位相对而坐的老人。

钓桥庵又名白云庵,庵左有云门溪,庵右有白云溪,这里海拔610米,明前为道院,清康熙间改为佛庵,后沿用地名至今。周围景致清幽,峰峦叠嶂,松石争奇,层竹铺翠,溪流环绕。钓桥庵两边分别架设两座单孔石桥,右为延寿桥,桥旁山崖石壁上,刻有《寿延桥修建记》,为明弘治八年(1495年)由太平西乡陈员、孙男、胜安等建,距今500多年。左为续古桥,又称榆花桥,为焦秀献建,建造年代不详。左右两条溪流汇合处恰巧矗立着一块巨石,构成"二龙戏珠"。两座拱形石桥,似两条彩虹落在庵前,把小庵点缀得犹如仙境一般。古时游客常常登上石桥,一边赏景,一边垂钓,"钓桥庵"这个名字大概就是这样来的。

太平天国古战场

咸丰年间,太平军在太平活动长达 11 年之久。因太平地处战略要冲,太平军与清军在太平境内出现了双方攻与守的拉锯战之态势,至今仍留下了不少太平军活动的遗迹。其中,汤岭古道就是当年清军和太平军活动的重要遗迹之一。

汤岭关,海拔 1147 米,位于黄山西部。古时为"歙(州)太(平)两邑孔道"。通道内两侧各有楼梯上至上层,下层有 2 米宽通道连通关内外,上层关顶长 17 米,宽 6 米,有堞垛 22 个、窗洞 19 个。1990 年,园林部门对汤岭关进行全面翻修。拆除旧关后改建成上有堞垛的城式关隘。关东为云际峰,关西为云门峰。东至汤泉、西至钓桥庵均为 5 公里。站在汤岭关上可观"狮虎争食"和"猛虎下山"巧石。据《黄山指南》记载:"汤岭关,在山之西坳,汤岭头上。东西陡峭之壁,南北岭路磴高级危,各十里,势若登天。岭头隙地用石砌成关隘。清咸丰己未,张中丞芾驻徽所建。以御粤寇,一人当关,千夫莫敌,唯此足以当之。"在汤岭关关额南北两侧,刻有"汤岭关"三个楷书大字,落款为:"咸丰己未(1859 年)孟冬月,泾阳张芾立,华桐王桐监造。"

汤岭古道作为太平天国古战场有《黄山指南》为证,该书有两段文字记载了相关史实,一曰:"峰岔在翠微峰旁。岔内广袤五百余丈。东南北三方皆陡削,唯西口有关隘。咸丰间粤寇(系指太平军)盘踞山麓,山民赖此岔以藏身者千人。西下五里有河里寨,南去五里有石步岔，皆避难之所。山民扼寨拒守，为犄角势，寇莫敢犯。"二曰："石步岔近西海。在伏牛岭山顶，盘折而上，距岭十里。岔口有石，名曰鼻孔梁。只容一足，岔内平积数十亩，有小径可通峰岔。咸丰兵燹时，太平西乡百姓多藏于此。倚石为寨，粤寇屡攻不破，伤亡颇众。"

李白遗迹

李白在黄山写过一首《山中问答》的诗："问余何意栖碧山，笑而不答心自闲。桃花流水窅然去，别有天地非人间。"这首诗的描述与"鸣弦泉"景点非常相似，从汤岭关下到汤泉，有一段溪流就叫桃花溪。

据郭沫若考证，李白曾于唐天宝十三年（754年）54岁时到过黄山。当时李白就是从焦村，经汤岭古道登山游览的，并在古道上留下了一处遗迹，这就是著名的醉石景点。

明嘉靖二十年（1541年），罗渊章题醉石两字刻于石上。两字高1米余，宽2米，字径1米，行书体。醉石兀立溪旁，与附近山峰依而不连。在高约5米的横断面上，可见相互平行的垂直裂隙，与附近山峰倾斜的似层状裂痕迥然不同，因此断定醉石为"外来之客"。在醉石附近，"鸣弦泉"三字刻于鸣弦泉石壁，字径0.6米，行书。在鸣弦泉侧，又刻有"洗杯泉"三个小字，行书，相传为李白洗杯更酌之处。《黄山指南》和《黄山金石表》，皆记为李白手书。

徒步徽青古道

徽青古道是一条有着 1300 多年历史的古官道，又称徽安古道，由唐越国公汪华在隋末时凿山开通，是通往沿江、中原的战略要道，也是过去从徽州府至青阳县的一条必经之路。黄山区境内的甘棠六角楼、仙源麟凤桥都是这条古道上珍贵的历史文化遗存。以黄山区谭家桥镇东黄山村为起点，经下岭脚、红卫林场、八里岗、田棚、乐得坐，再过箬岭关，下行至茶担、茅舍、大西坑、五猖庙，到达歙县许村镇，这条古道因为置于深山峻岭之中，所以没有遭到人为的破坏。能沿着先人走过的古官道，真实地感受一下那段厚重的历史，是我们向往已久之事。2 月 13 日，我行我素、丰宝斋斋主、寂静呼吸、慎独、长乐未央、小小的我、夏日香樟（以上均为网名）和我一行 8 人在这条古道上徒步行走了 5 个多小时，最后到茅舍乘车到达许村。这一路，我们欣赏到山川、河流、森林、竹园、雨凇、险关、古桥、古树、古村等各具风格的自然风貌，领略到大山深处山村人家的纯朴风情，感受到歙县许村厚重的徽州文化，仿佛置身时光隧道那样值得永久回味。

12 日晚，天下小雪。次日早晨见到窗外屋檐上和停靠在院子里的小车上积了一层薄雪，随后我就接到好几个电话，问今天的活动是否取消,我说一切按计划进行。我和慎独已经想好了,如果今天继续下雪不能去古道,就到谭家桥海派小镇东黄山玩上一天。我们早上7点如约到中通广场集合。

半小时之后,小许开着车把我们送到黄山茶林场。黄山茶林场如今已经成了过去式。"文革"时期,曾经有近万名上海知青下放到这里劳动生活,"知青部落"成为一个时代的符号。这里依然是归上海管辖,所有公共机构都冠以上海静安分区的名称。东黄山国际青年旅舍内的涂鸦墙上有数千名驴友描画的有趣文字和图案,形成一道别致的风景。走进青旅对门的心族之旅酒店,有精美绝伦的各式洋楼,玉兰楼、桂花楼、红松楼、梧桐楼、银杏楼、天竺楼,每一幢洋楼的名字都是以植物命名的,清新而别致。三三两两的中外游客在流动着音乐声和溪流声的小道上轻松地漫步,或者在茶楼里悠闲地喝茶聊天发呆,尽情享受美妙时光。

我们的出发地点就在东黄山度假区附近不远处,名叫下岭脚。东黄山村村委会胡主任见我们到来,非常热情,为我们每人沏了一杯热茶,在登山前还从家里搬出一箱牛奶分给我们。开始我们还嫌牛奶背在身上够沉够重的,在我们以后疲惫不堪的关键时候,这些牛奶竟充分发挥了解渴和补充营养的功能。

从下岭脚到八里岗,大多是拾级而上,也有绕着大山或沿着山脊而建的比较平缓的石板路,沿途每隔5里就设有一个路亭。这些路亭都是用青石砌成,石墙保存得还算完好,只是屋顶早已不存。在凉亭的正中间,还供奉着土地公或是别的神灵的牌位,字迹十分模糊。凉亭内外长出许多荒草和杂树。刚登山不久,我们就看到古道边一大簇蜡梅花开得正艳,白雪覆盖在黄色的花瓣上,煞是好看。这条古道可以称为历代的"高速公路"。1000多年以来,官员进省入京骑马坐轿,书生乡试会试徒步而行,商人运送物品络绎不绝,百姓亲情往来成群结队。在现代公路没有出现以前,古道繁华热闹,行人熙熙攘攘,这簇梅花是不是正在向我们夸耀着那时的热闹和繁华呢?

古道坚固平整,蜿蜒前伸,此时白雾浓浓,看不见远处的景物,也不知道前面还会遇到什么情况,这种不确定性正是旅行者的一种乐趣。路的两边,有时会遇到上百年的古树,无论春夏秋冬、阴晴雨雪,它们都与古道相生相伴。在一个叫"乐得坐"的地方,有一棵不可思议的大柳树,柳树主干下部分已经形成一个大大的空洞,古拙而苍劲,主枝弯曲到古道另一边,形成一个奇异的天然门户。这棵大柳树，似乎只会在神话故事中才会存在，而现在它就出现在我们的面前。

虽然在雾中穿行，但古道两边的景物也并不是静止不动的。有时会发现，一阵微风轻轻地吹过，身边的雾也在缓缓流动。有时阳光似乎要穿透云层，在流动的烟岚中，我们会看见远处的高山和村庄，极像一幅水墨画。走过一条弯曲的山道，我们聆听了新年最给力的一场"音乐会"。那是春天鸟的叫声，而且是众多不同的鸟，百鸟啼鸣，清脆婉转，这是大自然的天籁之音。

走了3个小时，我们眼前突然一亮，简直不敢相信自己的眼睛，像是经过魔杖的指点，眼前呈现出一片瑰丽神奇的冰雪世界：雨雪结为晶莹剔透的冰，点点滴滴裹嵌着草丛和灌木，裹嵌着秋天还没有落下的鲜艳的果实，那些造型奇特的树木、枯黄的野草都成为银花盛开的玉树。见到这样的风景，那是怎样惊喜、感叹和陶醉呀！感谢造物主的巧夺天工，感谢大自然的慷慨赐予，这一刻我们是这个世界上最富有的人了。同行的慎独说，面对这样的景色，我们会莫名地激动，莫名地兴奋，当你联想到生活之中的事情时，你会在这一刻莫名地流下眼泪，而这绝不是一件奇怪的事，这是人类最真实的情感。当时我们并不知道这是一种什么自然现象，回来查阅资料才知道，我们见到的是难得一见的黄山雾凇、雪凇和雨凇现象，与气象学中所描述的雨凇一模一样，挂在草木上的雨凇结构清晰可辨，表面光滑，其横截面呈楔状或椭圆状，它可以发生在水平面上，也可发生在垂直面上，与风向有很大关系。雨凇来时"忽如一夜春风来，千树万树梨花开"，去时"无可奈何花落去，似曾相识燕归来"，一派天地使者的凛凛之气。有人偶遇之下陶醉其中，有人苦苦盼求难觅芳踪，而我们无疑是最幸运的人了。

中午 12 点左右，我们登上了箬岭关，关口建有大关洞，海拔 998 米，这里是歙县和太平县（现为黄山区）的分界线。也是历史上著名的歙县、太平县、旌德县和绩溪县"四县之会冲"的关隘，从这里分别有古道通往旌德和绩溪。大关洞全部用巨大的青石砌成，洞门上方从右到左镌刻着"天险重开"四个大字。洞中的一侧，有一仅容两人出入的小洞通向关顶，关顶立有一块标记着国务院文件文号的界碑。洞内铺设的石板路非常潮湿光滑，人走在上面很容易摔倒。据历史记载，大关洞建于隋朝，至今有1300多年的历史。晴天站在关隘上眺望，一边是巍峨雄伟的黄山山脉和宜人的东黄山旅游度假区，一边是若隐若现的古老村落许村。明代诗人胡沛然曾写过《度箬岭望黄山》的诗："千回鸟道萦青嶂，一啸鸾音落彩霞。山气出云浑作雨，泉声拂树半成花。到来丘壑酬心赏，别去风尘上鬓华。三十六峰看咫尺，欲从轩后问丹砂。"此诗正是描绘了我们因为大雾而没能见到的自然风光吧。

出洞口下行20米，就到了汪公庙的遗址，可以辨认出这是两间古老的庙宇。庙宇只剩下四面的残垣断壁，青石砌成的石墙非常整齐，给人以古朴沧桑之感。左侧神庙内的正中位置，竟然还立有汪公的简易牌位，两边是一副"自昔州闾资圣护，袗今稼穑沐神功"的对联，横批为"六州屏翰"，神位前有村里百姓上香供奉的香烛。至今当地的百姓仍然不忘汪华当年为古歙州修筑了这条古道，同时护佑六州为整个徽州带来了平静与安宁。相传，这条官道为汪华带兵驻守时修建。昔时，徽州大地有很多气势雄伟的汪公庙，汪华还被尊为"汪公大帝"，徽州人奉其为保护神。在庙宇下方，是古老的驿站遗址，有一外门洞清晰可见，也是用青石砌成的。

过了大关洞，我们的速度明显加快，下午1点终于赶到茶坦。这是一座依山而筑在高山上的村庄，远离城市的喧哗和繁噪，很像杜甫诗中描写的"田舍清江曲，柴门古道旁"的情境。慎独跟这里的一户人家是亲戚，他领着我们去这户姓叶的人家休息。进门，主人见我们到来非常热情，立即每人递上一杯热茶，然后又将茶叶蛋端上了八仙桌。几个小时的山路让我们又渴又饿，顾不得吃相，每人都吃了两三个茶叶蛋。从雪地里过来，我们鞋袜尽湿，这时将袜子脱下来放入火桶和烘篮上烘干。烘篮是山区特有的取暖工具，现在生活在城市里的孩子可能还真的没有见过，一行中的三个女子当即拍照留念。当离开那户人家时，我们的内心非常感激，短暂的歇息给我们徒步全程增添了很大的信心。

穿行于大山深处的茶担、茅舍等村落，路两边很多人家的墙根都码放着整整齐齐用于烧锅做饭的柴火。也有很多人家的门是关着的，他们都出去打工了。从茅舍直下，道路两边是成片成片的竹海，此时一阵风吹过，竹梢上的积雪大片大片落在我们的身上，甚至落进我们的颈项里，给人一份诧异和惊喜。

从茅舍下面的公路，我们坐车赶往许村，到达许村时已经是下午2点钟了。镇上的两个朋友一直在等候着我们，也没有吃饭，这让我们心里十分感激。饭店我已经记不住名字了，但是主人那浓得化不开的热情和那桌丰盛的徽菜却是一辈子都不会忘记的。因为5个多小时的长途行走,我们又饥又渴,终于可以好好地饱餐一顿。尤其是许村臭豆腐和刀板香,带有特别浓的乡村味。

吃过午饭,我们游览了许村。许村是徽青古道上一座古色古香的村落,在南宋以后,徽商崛起,许村依托着安庆府和徽州府之间的徽青古道迅速繁荣,至明清时达到一个顶峰。这里保存有元、明、清和民国时期的古建筑100余座,种类多样,布局严谨,工艺精湛,其中有15处古建筑为国务院公布的国家重点文物保护单位。许村更是一个人文荟萃的历史文化名镇,"十里沙滩水中流,东西石壁秀而幽"是李白对她的赞誉。王安石、文天祥、朱熹、董其昌等都在此留下了赞颂的诗文。许村历史上先后出进士48人,为徽州古村落之最。

在游览的途中,给我们做导游的是70多岁的许祥明先生,他曾经担任过中学语文和音乐教师。他领着我们游览了村中最精华的部分,有大观亭、高阳廊桥、五马坊、双寿承恩坊等。随后又带着我们去了观察第和大邦伯祠,最后还去看了任公钓台,结束了我们全部的行程。许先生对许村古民居及人文历史如数家珍,而且讲解起来抑扬顿挫,充满激情,给我们留下了十分深刻的印象。同伴说,他是我们见过的年龄最大也是最为称职敬业的导游。他的解说,让我们对徽州的文化和历史有了更深的了解,也让我们有了到许村再来一次的愿望。

行笔至此,我突然发现,徽青古道的一头是现代化的海派小镇,别一头则是古色古香的徽派古村,这一今一古,构筑了一条既

时尚又古典、既浪漫又风情的黄金旅游徒步线路。这条旅游路线
与西递、宏村同样有着深厚的徽文化历史，甚至有比那儿更加独特
的自然风情，总有一天会引起户外徒步爱好者的关注。我只担心，
众多游客的到来会破坏那片难得的宁静和安谧。

张大文作品

张大文,男,1968 年 9 月生于安徽歙县,1988 年 7 月从徽州师范学校毕业后参加工作,现为黄山市黄山区人民法院党组书记、院长。1985 年发表文学作品,陆续在《散文》《散文诗》《天平》等文学期刊及《人民法院报》《安徽日报》《黄山日报》等报纸副刊发表文学作品 20 余万字,曾获"全国青年散文诗大赛"二等奖、"中国新闻奖"报纸副刊类二等奖、黄山市政府文学奖等奖项。现在公务之余,致力于徽州文化散文的写作。

那些飘荡着盐味的村落

土隘民丛谷不支,辟山垦堑苦何悲。

风雨夜行山坞道,秋成不丰犹餐草。

猛虎毒蛇日与伍,东方未明早辟户。

一岁茹米十仅三,麦稌杂粮苦作甘。

深山峻岭茅屋潜,竟年罕食浙海盐。

这是一首写于明朝初年的诗。此前虽然已有中原士族三次大规模迁徙来此,但此时的徽州依然是这首诗中描写的一幅川谷崎岖、荆棘初开的模样。1575 年,汪道昆从京城辞官返回故里歙县,途经新安江畔水陆码头屯溪,眼前"经秋夹岸芙蓉老,落日孤村薜荔深"。此后又 100 年,从祖父那辈起就寓居扬州的盐商程庭遵父命返原籍歙县岑山渡省亲,无边的春光里,故乡沿途景观令这位游子既新奇又欣喜:"乡村如星列棋布,凡五里十里,遥望粉墙矗矗,鸳瓦鳞鳞,棹楔峥嵘,鸱吻耸拔,宛如城郭,殊足观也。"又过了 150 年,屯溪已经实现了从一个僻静的水陆码头向一个商业重镇的华丽转身。"皖南巨镇首屯溪,万户居民本富庶。商贾辐辏阛阓繁,茶客年年竞来去。"清朝光绪年间,一个叫戴启文的人这样描绘他那个时代的屯溪。

明朝以前那些"竟年罕食浙海盐"的徽州先民,压根想不到自己的子孙会与海盐打上三四百年的交道,成为神州大地上食盐贸易的不二操纵者。尽管早在宋朝以降,徽州人逐步以商人的身份走进人们的视野,但以经营茶、木、漆等山林特产居多,在商界大致处于无足轻重的地位。明弘治年间,徽州人一举抓住盐法变革的契机,逐步击溃在盐业领域经营多年的山西商帮,确立了盐业经营的霸主地位。民国时期,许承尧主编的《歙县志》里有些扬扬自得地写道,康乾时期仅在扬州的歙县籍盐商,就有"江村之江,丰溪、澄塘之吴,潭渡之黄,岑山之程,稠墅、潜口之汪,傅溪之徐,郑村之郑,唐模之许,雄村之曹,上丰之宋,棠樾之鲍,蓝田之叶皆是也,彼时盐业集中淮扬,全国金融几可操纵。致富较易,故多以此起家"。

徽州作为朱熹的家乡,这里的人们自幼饱受理学的浸淫,把宗法伦理当作不可违拗的"天理",把自己的升迁得失与整个家族的兴衰荣辱紧密联系在一起,无论命运如风吹浮萍般使自己漂流到何处,徽州永远是自己魂牵梦萦的"父母之邦"。他们抱着"宁发徽州,不发当地"的心态,"捐输故里"成为他们商业利润的重要流向。明清两代,"鱼盐所得"就像维持人体血液与细胞之间的渗透平衡与正常水盐代谢的盐一样,把那些峰峦掩映中的徽州村落滋养得根繁叶茂、神采飞扬。

一

盐使的徽州村落拥有丰富的精神内涵和强健的骨骼。行走在今天徽州的任何一座村落,祠堂总是其间最为引人关注的建筑物。它们有的近年刚经历过整修,在鳞鳞黑瓦的民居中器宇轩昂,然大多村落里的祠堂经不住岁月的凄风苦雨,眼前只有密布蛛网里那些半朽的梁柱,或是萋萋荒草里的断壁残垣,但依旧顽强地显示着当年的堂皇闳丽。在古徽州人眼里,祠堂是祖先灵魂的栖息之地,是维系血脉源远流长的精神殿堂,是一个家族兴旺发达的重要标志。明朝中期,徽州望族歙县西溪南吴姓在他们的族谱里开宗明义地阐明建造宗祠的重大意义:"创建宗祠,上以祭祀祖宗,报本追远;下以联属亲疏,惇叙礼让。"修建家族祠堂"为吾门治祠事",成为一代代徽州人尤其是商人毕生的宏愿。"举宗大事,莫最于祠,无祠则无宗,无宗则无祖,是尚得为大家乎?"清初有个叫王中梅的人,幼时家贫,无力读书。其稍长外出做生意,日渐宽裕之后,亲属们劝他营造华宅以显富贵,王中梅却认为家族的祠堂还没有兴建,祖先的魂灵露宿在野外,这时候只顾自己建造住房,即便祖宗不责备,自己也会心怀愧疚、寝食难安的。"今祠宇未兴,祖宗露处,而广营私第,纵祖宗不责我,独不愧于心乎?"徽州祠堂大多规模宏大,耗资甚巨,往往独力难支,但因事关家族荣耀,往往振臂一呼,应者如云,鸠工庀材,共襄盛举。呈坎村的罗姓子弟,历经嘉靖、万历两朝,数代人筚路蓝缕建成的罗东舒先生祠,500 年后的今天仍然如一位精神矍铄的老者,每日里矜持平静地接受着来自世界各地的朝觐者们惊叹的目光。到了清朝末年,祠堂遍布徽州城乡,仅歙县棠樾村,就有先达祠、慎余堂等 15 座之多,可谓"祠堂连云,远近相望"。

祠堂使得这里的人们心态宁静。祠堂后进的寝堂上，按照昭穆秩序供奉着列祖列宗们的牌位，岁岁安享着孝子贤孙们的供奉与祭拜。清明或是中元，祠堂里祭祀的香烟袅袅升腾，堂下跪拜着子孙们，似乎觉得那些早已逝去的祖先并没有在时空里渐行渐远，而是在正前方一如既往地以慈祥的目光注视着自己，使自己或因羞愧难当而痛改前非，或因欣慰坦然而更加砥砺前行。祠堂的正堂上正在宣讲《圣谕六言》，这里是灌输伦理道德、弘扬家法族规的场所。徽州人固执地认为"大凡家法不立，则条事难成，义方不训，则子女闺淑"，因此，对"关于风化者"，诸如职业当勤、崇尚节俭，济贫救灾、抚孤恤寡、保护林木等，"分列条规宗，俾通族子孙有所持循，庶几祖宗之流风永存也"。那时的徽州人坚信，因为拥有祠堂，他们能够安稳地生活在一种秩序之中，心境平和，脚步坚定。

二

徽州商人尤其是盐商们获取的丰厚的商业利润，使得这些村落里的人们亲如父子、温情脉脉。经商是这块土地上的人们的衣食之源，作为徽商在文化界的代言人，汪道昆对徽州人的经商行为这样诠释："贾为厚利，儒为名高""一弛一张，迭相为用"。意思是说，经商与业儒，只是人生不同的生存方式，本身并无高低之分，无须厚此薄彼。但事实上，在封建社会的主流意识里，经商为"四业之末"，是一种低贱行业。大多具有中原官宦缙绅基因的徽州人，被山多田少、地狭人稠的自然环境所逼，踏上外出经商道路的那一刻起,内心一直处于纠结状态。一旦经商致囊丰箧盈,"读书入仕"的念头便整日在脑海里翻腾。而这在客观上已成为不能,于是他们广交文雅之士,竟日手不释卷,人称"儒商"则心中窃喜。更多的人把蟾宫折桂的那份念想托付给了后人,"子孙读书能成"成为商贾们最大的心愿。歙县雄村人曹堇饴是这方面的典型代表。清朝初年,曹姓家族在扬州已业盐多年,曹堇饴在积累雄厚家产的同时,也饱尝了权力拥有者在金钱面前的故作矜持、为攫取而又极尽盘剥勒索手段背后的贪婪嘴脸,也深谙只有权力才能为家族带来真正的荣光。临终辗转病榻之时,他将两个儿子翰屏、暎青唤至床边,嘱咐他们在家乡"竹溪之畔建书院"。曹姓兄弟不敢懈怠,历时10年,在雄村水口桃花坝右侧建成集讲堂和园林为一体的竹山书院。园林东面仅筑矮墙分隔内外,墙外青山逶迤,白鹭蹁跹,新安江上的粼粼波光和古渡小舟,尽收眼底。书院门前是遍植桃树和紫荆的桃花坝。100多年前,歙县名儒许承尧游历雄村,桃花坝上仍美不胜收:"酣嬉不厌,一天之红雨模糊,旖旎多情,万顷之绛云缭绕。"曹姓家族还重金延聘沈德潜、袁枚、金榜等耆宿名家来书院讲学。绝佳风景陶冶学子性情,名师熏陶激发学子文思。曹姓子弟不负所望,从明朝成化到清朝同治的300年间高中进士者54人。曹姓俗例,中进士者可在书院清旷轩中植桂树一株。如今进士们的生平大多已湮灭不可考,而每年金秋时从清旷轩里飘出的桂花的甜香,使整个雄村沉浸在逝去的梦里久久不肯醒来。当然,修建书院是名门望族才能做到的事情,但小户人家对子弟教育也是孜孜追求。许多家族在族规中规定,对于家族中器宇不凡、资禀聪慧,却因家境贫寒无力从师的子弟,"当收而教之,或附之家塾,或助以膏火";对于登科及第的,"建竖旗匾"予以褒扬。"一族之中,文教大兴,便是兴旺气象"。读书有成,改变的不仅是个人的命运,而是"党族之望,实祖宗之光"。在这种意识的推动下,古徽州"十户之村,不费诵读""群居讲学、究经看史、学者云集",故而"俗益向文雅",为徽州文化之花绚丽开放提供不竭的营养。

村落里的脉脉温情还体现在对贫穷孤寡的体恤周济上。徽州山高水激,人们依山麓建起层层梯田,云蒸霞蔚,气象万千,但这些梯田层累而上十余级尚不足一亩。山高引水难,顺治年间编纂的《歙县志》里说:"十日不雨,则仰天而呼;一骤雨过,山涨暴出,则粪壤之苗又荡然空矣。"恶劣的自然条件使得这里丰年甚少,正常年份收入不足口粮的 1/10。那些无力外出谋生者,冻馁之患在所难免。徽州人家的族规里这样要求族人："凡处宗族,当以义为重,盖枝派虽远,但根蒂相同。"因此,"贾有余财"和"禄有余资"者,对"族中茕苦者,计月给粟",每月给予救济粮,"矜寡废疾者倍之";对衣不蔽体者,"岁终给衣絮";对身患疾病者,"施医药以治病人"。可谓亲密无间,相濡以沫。为使这些周济族人的义举能够"垂之久远",做到常态化和长效化,徽州人纷纷仿效宋朝名臣范仲淹利用俸禄购买良田,以养济群族之人的做法,设立"义田"制度。嘉庆年间在扬州业盐的歙县棠樾村人鲍启运捐出平生积蓄,为鲍姓宗族设置义田1200亩,并独创"常平仓法",以使对族中鳏寡独孤的救济更加周到细致。当朝吏部尚书朱珪、大学士刘墉、两江总督陈大文纷纷撰文予以褒扬,称"常平仓法"揆诸历史"绝无仅有,拟之古人,殆又过之"。村落里的脉脉温情,使千百年来徽州一直成为文人士大夫神往的世外桃源,"每逾一岭,进一溪,其中烟火万家,鸡犬相闻者,皆巨族大家所居也"。这里的人们,"千百年犹一日之亲,千百里犹一父之子"。

三

徽州商人们将丰厚的商业利润用在对家乡居住环境的整治上,使得徽州村落里的人们有着诗一般的栖居环境。

明朝"开国文臣之首"宋濂在为歙县新建的县学作记时,称歙县境内"紫阳、问政二山矗起东南,势力若翔凤;飞瀑、紫荆诸峰,又腾骞于后先",这里群峰攒立,拥蔽周回,山多涧谷,水贯其间,断岩绝壑,间出通道,猿声鸟啼,依约在耳。这样的环境虽不利耕作,但稍做"入奥疏源,就低凿水,搜土开其穴麓,培山以接房廊"等人工处理,便可尽拥"阶前自扫云,岭上谁锄月,千峦环翠,万壑流青"的自然之美。

近年以建筑特色鲜明益发引起世人关注的徽州水口园林,因事关一个村落的地位和福祉,历来是村落里的人们着笔墨最多的响亮开篇。嘉庆初年的一个清明节,已在扬州担任两淮盐总商多年的鲍志道返故里歙县棠樾村扫墓祭祖,看见绵密的春雨里那座远祖尚书鲍象贤建于明朝隆庆年间的万四公支祠破败不堪,不禁黯然神伤。他决定倾其所有,由赋闲在家的太学生、族弟鲍琮督建,在村前水口一带建祠堂,修社庙,竖牌坊,复古迹。棠樾鲍氏大兴土木之时,把正在徽州游历的号称"国朝第一"的书法家、篆刻家邓石如延为上宾。邓石如在棠樾盘桓数月,每日里挥动如椽之笔纵横恣肆,留下了大量的匾额、楹联、篆额,为村落增添了浓厚的文化气息。棠樾村西向3公里的唐模村,系徽州望族之一许姓世居之地。村前水口檀干园是徽州水口园林中的典范之作。据说清朝初年,村中盐商许某之母欲游西湖却困于交通不便,为供母娱老,许某便在村口仿西湖风景挖塘垒坝,建楼造亭,遍植檀花、紫荆,其间"有池亭花木之胜,并宋、明、清人书法石刻极精"。数百年来,檀干园屡废屡修。如今在院内徜徉,风吹湖面涟漪阵阵,八角亭上铁马铮铮,眼前景致一如园内镜亭中镌刻着的楹联:"喜桃露春浓,荷云夏净,桂风秋馥,梅雪冬妍,地僻历俱忘,四季且凭花事告;看紫霞西耸,飞布东横,天马南驰,灵金北倚,山深人不觉,全村同在画中居。"

在常年旅外的商人们眼里，家乡村前的溪流是生动的，它活泼泼地带走村落一日里或欣喜或悲伤的故事。村中巷弄是沉郁的，它与白云蓝天一起见证着村落的斗转星移。乾隆时期，客居扬州的"两淮八大总商"之首江春日渐老去，家乡歙北江村的景致却在其昏花的老眼里一日日清晰起来，他向子孙们絮叨着村中八景：一曰洪相晓钟。每日晨曦微露，林扉初开，村外相山上禅钟传来，袅袅不绝。二曰王陵暮鼓。村后越国公汪华的陵墓旁宿有军营，暮鼓初挝，响彻空山。三曰松鸣樵歌。村北坞古松参天，苍翠欲滴，村民樵木其间，歌声应答。四曰绿溪渔唱。夕阳西下，村前绿溪之上有人驾舟撒网，桨声欸乃。五曰云朗岚光，六曰飞蓬月色，七曰白石晴云，八曰紫金雪霁……其实徽州大多村落都有这样的八景、十景，村落里的人们以诗歌的形式，将村里的人文景观和自然景观

进行点染、生发,对家乡予以夸饰和颂扬。对于世居生息之地,这里的人们总有一种发自内心的惬意和满足:"美哉居乎,乐斯地矣。"

"鱼盐所得"的滋润,使徽州村落500年间芬芳四溢。1830年,时任两江总督的陶澍实行盐政改革,徽州人顿然失去盐业经营上的优势地位。稍后爆发的太平天国运动,使这块承平日久,从未遭受过劫掠的土地哀鸿遍野,村落处处断垣残壁。这些失去了盐的滋养的村落一度委顿苍老。

经过100多年的休养生息,尤其是进入新世纪以来,这里的人们逐步读懂村落曾经拥有的辉煌和在历史长河中的独特地位,学会理解并认同村落厚重的历史文化,于是古旧的祠堂内新换了梁柱,疏浚后的水圳溪流日夜欢唱,水口林里新植的树苗枝干挺拔,依旧曲折有致的巷弄里旗幡飘扬。尽管农耕时代渐行渐远,但这里的人们仍然坚定地致力于村落的复苏和振兴,努力把它们打造成寄寓华夏子孙共同乡愁的精神家园。

徽 商 妇

前些年有部名叫《徽州女人》的黄梅戏红遍大江南北,并一举获得中国戏剧最高奖——梅花奖。在受到热捧的同时,也有批评者指出,轻盈活泼的黄梅戏花腔与徽州厚重的文化氛围显得不尽协调,况且徽州女人的称呼过于宽泛,戏剧故事在道地的徽州人看来总有些意犹未尽。在明清时期的徽州,的确有那么一群娇小柔弱、无声无息的徽州女人,她们虽居于群山环绕的"四塞之地",却个个具有较高的人文素质,她们以牺牲全部的身心为代价,为行贾四方的丈夫提供坚实的后勤保障。因为她们,才有了家族的繁衍和兴旺,才有了徽商雄峙宇内 300 年,才有了徽州文化绚丽璀璨,至今芬芳依旧。她们才是真正的徽州之魂。她们的名字叫作徽商妇。

徽州作为程朱故里,儒学观念及儒家礼仪流传甚广。这里的人说:"我新安为朱子桑梓之邦,则宜读朱子之书,服朱子之教,秉朱子之礼,以邹鲁之风自持而以邹鲁之风传若子孙也。"生长在徽州天井里的女人们,自幼熟读《女四书》《女儿经》等宣扬尊儒重道的读物,"三从四德""三纲五常"成为她们一生的精神支柱和行动指南,这也为她们从容地应对今后人生的苦难做好了铺垫。

"吾徽居万山之中,峰峦掩映,川谷崎岖,山多而地少",因"所产之食料,不足供徽居之人口","牵牛车远服贾"从被情势所逼而渐渐蔚然成俗。徽州女人们对丈夫外出经商非但不反对,还大多持鼓励的态度。明朝徽州著名文人汪道昆的祖母,不仅劝世代在家务农的祖父外出经商,还主动为他筹措资本。清朝有个歙县人叫汪富英,成家后日子过得很艰难,妻子劝他外出做生意,却苦于没有本钱。妻子变卖了所有的嫁妆,资助他走向山外。类似的事例在当时的徽州十分常见,歙县《许氏族谱》中曾提到一个叫许东井的人:"东井微时,未尝治贾业,孺人脱发簪珥服麻积以为斧资。"

"邑俗重商。商必远出,出恒数载一归,亦时有久客不归者。新婚之别,习以为常。""一世夫妻三年半",聚少离多是徽商家庭的常态。都说"商人重利轻别离",有几人能理解徽州人那种被生存所迫的无奈?在今天歙县南乡一代,还流传着一首《十送郎》,描述的是新婚不久的妻子送别即将外出经商的丈夫,极其缠绵哀怨:

> 一送郎,送到枕头边,拍拍枕头睡睡添;
>
> 二送郎,送到床面前,拍拍床沿坐坐添;
>
> 三送郎,送到槛阃边,开开槛阃看看天,有风有雨快点落,留我的郎哥歇夜添……

留恋归留恋,大门外同行的乡党已在声声催促,村口码头上那条即将远行的乌篷船已扬起了白帆。妻子眼看着那个昨晚共枕的人消失在山的那边,整颗心连同眼前整座宅院一样显得空落落的,

　　但她悄然抹去脸颊上的两行清泪，转过身去重又收拾起手中的活计，用瘦弱的肩膀独自承担起整个家庭的重担。

　　"欲识金银气，多从黄白游。"在外人看来，徽州是个极其繁华富庶的地方。但清朝徽州学者赵吉士清楚地知道，虽然徽州山水之美甲于天下，理学和文章都称雄于世，但富裕的都是居住在扬州、苏州、松江那些繁华都会中的徽商大贾，他们与徽州本土并无多大关系。正是因为这些人的富名远播在外，在一定程度上还拖累了乡穷壤僻的徽州本土。实际上，徽州土地贫瘠，治生相当困难。徽州人的日常生活极为俭啬，女人犹称能俭，数月不沾鱼肉，实不足以当"金银气"那样的虚名。康熙年间出版的《徽州府志·风俗》中指出：

> 徽之山大抵居十之五，民鲜田畴，以货殖为恒。……贾之名擅海内，然其家居也，为俭啬而务蓄积，贫者日再食，富者日三食，食惟馔粥，客至不为黍，家不蓄乘马，不蓄鹅鹜，其啬日日以甚，不及姑苏、云间诸郡。

万历二十六年(1598年)十月九日，著名诗人谢肇淛在徽州士商潘之恒等人的陪同下，畅游徽州，沿途所见，大大出乎他的意料，他写道：

> 纤啬异他乡，能无足稻粱。家家村酒白，处处薄糜香。
> 竹柱商人宅，芒鞋少妇妆。鱼盐多别业，经岁在维扬。

意思是说，徽州村落里的人家生活十分俭朴。即便是在淮扬做盐业生意的商人之家，有的也用竹子做梁柱，在家的妻子穿的是草鞋。

由于将家庭资金都用在丈夫外出经商上了，留守在家的徽商妇只能从事纺棉、采茶等一些体力劳动维持生计。徽州植棉和养蚕历史悠久，文献里记载徽商妇："日挫针治缝纫绽，黟祁之俗织木棉。同巷弄夜从纺织，女工一月得四十五日。"清代孙学治也在《黟山竹枝词》里说："北庄岭下女绩麻，西武岭边女纺花。花布御冻麻度夏,有无相易各成家。"春夏秋冬,阴晴雨雪,村落巷弄纺织声遥相呼应,昼夜不息。

茶叶是徽州本土千百年来重要的经济支柱之一。几阵春风拂过,几场春雨潇潇,南山坡上的茶园齐刷刷地泛绿,茶农们的心便焦躁起来——茶叶一日日长大,价值也就一日日贬低。这时节每日里晨曦微露,举着火把背着干粮走向各家茶园的人们不绝于途。大白天村落异常地安静,一只老母鸡咯咯地招呼着毛茸茸的雏儿刨土觅食。山坡上鸟雀啾鸣的茶园里,刚趔趄学步的幼童、步履蹒跚的翁妪,头戴草帽,身披蓑衣,都在新绿的茶树前紧张地忙碌,还有"多少归宁红袖女,也随阿母摘新茶"。到了午夜,炒茶的炉火红透村落,揉制茶叶溢出的茶香氤氲不散。独立完成一季茶事之后,徽商妇们便如被采摘过的茶枝般神情枯槁。

孝事公姑,和处妯娌。作为家庭主妇,总有操劳不完的事务。就像许楚在《新安妇》中描写的那样:"新安妇,莫寒素,六月挈麻丝,三冬曳群布,蛾眉二十吟白头,孤灯夜夜关山路。"而最为重大的家务,莫过于对子女的教育和训导。

在徽州,子女读书上进、登堂入仕是父母最大的心愿。清朝有个黟县人叫胡方墉,他的母亲吴孺人在他很小的时候就让其破蒙读书,白天在私塾跟随老师,晚上则叫他拿了本书站在自己纺车的旁边,边织布边听他诵读。"总角时,昼则就外传。归则使执书从己读,宵分课不辍,读书声、纺织声相间也。"严格监督之余,母亲还谆谆教导儿子读书的方法:"儿之学如我之织,勤则精,熟则巧,毋有间断心。引伸之,欲其长,毋生鲁莽心;经纬之,欲其密。"歙县巨商鲍志道回忆幼年时，"夜诵所读书必精熟，母色喜，然后敢卧"。鲍志道感叹道："吾兹服贾充饶，何一非母之教。"意思是说，我能经商赚钱，没有一项技能不是母亲所教的。一旦读书无成，做母亲的常常毫不犹豫地劝导儿子把外出经商作为立身之本。汪道昆在《太函集》里讲到洪承章在母亲的劝说下外出经商的故事，"处士奉母欢，母命处士商吴越，迭出迭困，亡故资，吴（夫人）乃脱簪珥佐之"。

　　白天的喧哗渐渐归于沉寂，检查了鸡笼猪舍，紧闭了大门窗户，便只有天边月与独坐在惨白烛影里的徽商妇相偎相依了。月黑风高，月朗星疏，月缺又月圆，多少良辰美景逝若流水，多少花容月貌黯然凋零。"健妇持家身作客，黑头直到白头回。儿孙长大不相识，反问老翁何处来。"徽商归来时，尽管儿孙已长大不相识，尽管妇人已是沉沉暮年、人老珠黄，至少也能算得上是一幕悲喜剧。新婚出门后终身不归者，也并不少见。清朝歙县有个诗人汪于鼎，他有个邻居，娶妻一个月就外出经商，妻子在家靠刺绣为生。妻子每年用积蓄购买一颗珠子，用彩丝串起，称作"纪岁珠"。丈夫回家的时候，妻子已去世三年了。丈夫在整理妻子遗物时无意间碰翻装珠的盒子，珠子滚落一地，一数竟有20余颗。汪于鼎以《纪岁珠》为题作诗云：

　　　　鸳鸯鸂鶒凫雁鹄，柔荑惯绣双双逐。几度抛针背人苦。一岁眼泪成一珠，莫爱珠多眼易枯。小时绣得合欢被，线断重缘结未解，珠累累，天涯归未归？

　　徽州多牌坊。竖牌坊为的是"旌表德行，承沐后恩，流芳百世"。那些占据着大路或是村口的堂皇闳丽、气势恢宏的功德坊、科第坊，至今仍在器宇轩昂地叙说着它曾拥有的显赫功名和曾沐浴过的浩荡恩荣，但人们总是向那些苍凉冷峻，卑微地独处一隅的贞节牌坊投去更多的目光。因为人们知道，这块土地上的每一座牌坊，都是那些把名字镌刻在贞节牌坊上的徽商妇用泪珠砌成的。

一方水土四乡人

从公元617年开始建造那座被后人称作徽州府的城池至今，这座城内没有改变的大体只有东南西北四座城门的朝向。城门向外，便是歙县东西南北四乡的境域，尽管这与地理学意义上的方位大相径庭，千百年间却在歙县人心目中根深蒂固。然而敏锐地感受到四乡个性鲜明的风俗人文并形诸文字的，却是一个外乡人。他说，首先四乡人的饮食结构就大不同，歙县总体上山多田少，粮食自给不足，但东西两乡田野肥沃平阔，所产稻谷自用外还能略有盈余；南乡与北乡的人们，因多居于深山之中，只能靠种植苞芦等杂粮度日。他说，四乡人的衣着服饰也有差异，其中西乡人最为时尚考究，原因是古时那里的人多有在扬州做盐商者。那时的扬州是全国食盐贸易中心，是纸醉金迷之地，随着两地人员往来和一代代徽商告老还乡，扬州的奢靡之风也逐渐在歙县西乡弥散开来。近年来，新安江上游的水陆码头屯溪日益成为徽州腹地、商务重镇，商旅辐辏，店铺林立。西乡与屯溪接壤，故而杭州、上海等地刚刚时兴的鞋帽衣服乃至于发型的款式，总是经屯溪后率先在歙县西乡得以流行开来。相比之下，南乡人显得质朴节俭得多，"南乡富家，坐拥厚赀。男则冬不裘，夏不葛；女则不珠翠，不脂粉，与西乡适成一反例","是以洋货之用数以西乡为多,土货之销场以南乡为最"。

做出以上论述的人名叫刘汝骥,直隶静海县人。光绪三十三年(1907年)正月初七,奉旨出任徽州府知府。这一年刚满40岁的他很有一番"以勤慎吏职而名垂青史"的抱负,因此甫一上任,他就深入徽州乡村开展调查研究。在惊叹这里文化底蕴厚重的同时,也对当时徽州村落间盛行的迷信、赌博、搭台唱戏等陋习深为憎恶:"徽俗之最恶者,曰迷信,曰嗜赌。醵钱迎赛,无村无之。其所演戏出,又多鄙俚不根之事。"为此,刘汝骥相继颁布《劝禁缠足示》《破除迷信示》和《禁演淫戏示》等政令,力求革故鼎新。但当时时局风雨飘摇,鸡鸣不已,刘汝骥也在不久因清王朝的覆灭而仓皇离去。徽州如深潭,他所推行的新政不过如雨落水面泛起几圈涟漪,但一位封建时代的官员"为官一任,造福一方"的执着,还是令如今也厕身官员之列的我钦敬不已的。

一

对东乡的最初印象,是与石灰这种物品联系在一起的。孩提时期的我生活在歙县南乡一个叫小洲的村子里。正月过了十五,身为生产队长的外公张良善照例要带着一两名精壮劳力去东乡桂林收购石灰,这是每年外公用时最长的一次出行。10天后,外公会捎来口信,说石灰已运抵20里外新安江边的小川码头。次日黄昏,由十几辆满载着石灰的平板车组成的车队浩浩荡荡地开进村里,走在最前面的外公虽一脸疲惫,却神情灿烂,仿佛英雄归来。石灰卸下后堆放在生产队仓库一角,一年里社员中有砌土墙做屋,或是安葬过世老人,都来找外公称石灰。而石灰最大的用途,是在谷雨过后,村前村后的水田里秧苗纵横成行,外公指挥社员们将石灰一担担挑到田头,耖田过后,石灰一把把随风洒向田中。此后的日子,那些水田里,白天秧苗精神抖擞迎风起伏,入夜则蛙鸣喧腾,整个小山村也仿佛一日日气韵生动起来。

而开始理解外公每年购买石灰回去为什么总是一脸疲惫,是20世纪80年代后期我来县城读书以后。一个周末,同学用自行车载我去东乡他家中玩,溯扬之河而至桂林镇地界,眼前低矮的山丘仿佛全都被人劈凿过般显得支离破碎。山谷里乱石累累,不远坡上有数处类似暗堡似的建筑物徐徐冒着黄烟,空气中充斥着一股硫黄的味道。同学说,这一带自古就是石灰窑。日后翻看资料,知道最迟在唐朝末年,东乡就有了冶炼石灰的历史。明朝天启年间有篇文献,作者对东乡冶炼石灰的现象显得爱恨交加:"山脉多产矿,破其块而付之煅,腻如粉,能备一切用。左右复产煤,以煅石甚便也。奸民虎踞,以为利,日剥夜削,陷若阱坑。"这里既有石灰石,又富产燃料石煤,煅烧出"能备一切用"的石灰让作者深感自豪,但那种无序的、掠夺式的开采方式给生态环境带来的破坏使作者深感愤懑。而站在窑场前,我想得更多的是当年从这里买了数千斤石灰的外公,从何处借用何种工具将它们运到百里外的深渡,又如何雇船运到小川,这一路上,他承受着多少从未向人说过的苦辛。

同学的家在溪头村镇蓝田村,这是东乡一个聚居人口相对较多的村落。同学领着我去看村口翁郁的老树、飞檐翘角的文昌阁、一脸沧桑的牌坊，还有一座据说是南朝某位郡主的坟墓。新鲜光亮的房屋齐聚在马路两侧，村落里街巷纵横，其间多有破败不堪、荒草萋萋者，难掩当年气派。大多房屋虽有烟火气息，却都门户紧闭。同学陪我在他家二楼阳台上喝茶，正是阴晴不定四月天，村落南向，丘陵低矮，水田波光碎亮。向北望去，群山绵延高耸，云深雾锁处，有梯地茶园、零星人家。同学说那高山上的茶叶是这里的人们主要收入来源，他用手指袅袅升着热气的茶杯，衔出一枚刚舒展开来的茶叶骑于杯口之上，一会儿工夫，杯中的茶水沿茶叶点点滴于杯外，一股兰花的香味氤氲开去，同学说，这茶就叫"滴水香"。

东乡与北乡接壤，两者地势、物产与习俗大体相近。5年前，朋友邀我探访箬岭古道，这是一次完整意义上的北乡穿越之行。出

府城北门,过万年桥,静静流淌的富资河,两岸田野人家。地势在经过一个叫跳石的村子后悄然有了变化,田野渐渐收缩,天空越发逼仄。翻过一道山梁,眼前是豁然开阔的小盆地,近山处有白墙黑瓦鳞次栉比,这就是古有"千灶万丁"之称的许村。犹如溪头之与东乡,拥有廊桥、八角亭和众多牌坊的许村是北乡的第一重镇。而许村身后还有一道山岭顺着山势辗转而上直抵云端,那就是百年前徽州人为求功名或财富远涉长江流域乃至中原腹地而必经之箬岭。千百年商旅往来,使许村的文化气息比溪头更显厚重。

二

仿佛上苍把所有对歙县的恩赐都给了西乡。在西乡而外的歙县人眼里,西乡就是一马平川、田地肥沃,是街市喧闹,是庭院深深。而表舅张寿生使我们这个世代生活在南乡小洲村的张姓家族对西乡多了几分念想。表舅的家原来在水竹湾,小洲村后攀八里山岭,十几户人家散落在半山凹凸处,一年里有大半年时间担着空水桶四处找水,却取了个带水的村名。20 世纪 90 年代,因在外打工多年的儿子在西乡郑村买了房子,年过六旬的表舅举家迁往郑村。逢年过节表舅回南乡走亲戚,酒桌上他给亲友们描绘了一幅幅西乡的灿烂景象,他说他前半辈子扁担没离开过肩膀,如今打药水收玉米都是骑着电动三轮车;西乡种的南瓜大过脸盆,西乡种的萝卜如同棒槌,种一垄山芋,家里养四头猪一年都吃不完。亲友们听得合不上嘴。两年后,表舅将西乡的房子推倒重建。竣工之日,南乡的亲友结伴前往贺喜吃酒，表舅领着大家看完新屋，又去看屋后的菜园，菜叶肥厚，瓜果累累。表舅说，你们看看这泥多厚，一锄头挖下去，被泥吃住半天才拔出来。哪像我们南乡，挖下去都是石壁，弹回来打着额头。亲友们都以为表舅所言不虚。

张寿生们不一定知道，西乡被称作"土壤沃野"，除了上天赋予它地处休屯盆地、丰乐河两岸这一独特的地理优势之外，更在于千百年来这里的人们对生存环境坚持不懈地建设和改造。1500年前，出生于南阳显宦之家的吕文达宦游新安，任期届满时皇帝易人，吕家失势，原本就一心想远离政治旋涡的吕文达干脆留居下来，并娶了丰乐河畔大户人家郑忠公的女儿仲娘为继室。那时的河两岸多为荆榛之地，为使土地开垦后有水灌溉，学识过人的吕文达带领妻兄郑猛从丰乐河中"筑堨引水"。堨的建造方法是，"堨水取之于大溪，溪低而田高，筑坝丈许，断木为架，名曰木苍。内塞石块，外覆沙草，横绝中流尽弥罅漏，必至一二日始水蓄而入圳。入圳而灌田矣"。也就是在溪流中横向用树木和石块砌起堤坝，堵塞水流，抬高水位，使之经一二日蓄水后，漫入人工开挖的沟渠，将水引入待灌溉的田中。史料记载，吕文达与郑猛洪开沟渠十余里，渠高五丈有余，横阔二十余丈，合而灌田三万余亩，人称"吕堨"，是西乡规模最大、灌溉面积最广的堨坝。吕堨里的水潺潺流淌了1000年后，到南宋宁宗年间，莘墟人吴大用与儿子吴永昌"割己田捐重赀"，在吕堨附近拦丰乐河筑坝，雇请石匠吴元四夫妇及子侄，历经数年开凿"昌堨"，昌堨经涉田土12里，灌田3000亩。一直到清朝末年，当时的徽州知府仍然对吕堨、昌堨发挥的功用赞誉有加："就今岁论,亢旱近四十日,山塘田禾半皆枯槁,惟吕塓昌塓鲍南塓工程完密,一律有秋,此效果之尤彰明较著者也。"可以说,在整个农耕时代,吕塓、昌塓都为丰乐河两岸的岁岁丰稔供着保障。

但农业生产至多只能解决衣食温饱问题,家在丰乐河畔千秋里的明朝著名戏剧家、抗倭名将汪道昆说:"歙之西故以贾起富。"意思是数百年前西乡人能够发家致富,大多靠外出做生意。他以自己的家世现身说法,他曾祖父而上15代,都在家躬耕农田,家境平平。有一天曾祖母跟曾祖父说:"君家世孝悌力田善矣。吾翁贾甄括,闻诸贾往往致富饶,君能从吾翁游,请为君具资斧。"他的曾祖母见旁人都经商致富,劝导自己的丈夫跟随在外经商的岳父一同外出行贾,并为丈夫准备了本钱。曾祖父听从她的建议,于是家境一日日殷实,到了汪道昆这一代,家族资本"始累巨万",子弟们可以不再为生计奔波,而专注于读书仕进。

徽州学研究专家、复旦大学教授王振忠曾经对16、17世纪称雄海内的两大商业巨擘徽商与晋商进行过比较,他说虽然两者在财力和势力范围上大体相当,但凡是徽商聚居之地总是市镇发达,文风蔚盛,而三晋贾客所到之处,虽然也能使得市声喧嚣,但在文化上却不曾有过多少建树。那些慕悦风雅的商人,大都是"亦商亦贾"的徽州商人,山西商人虽然也腰缠万贯,但他们的形象实在是不敢恭维。我想徽商"慕悦风雅"的形象,与他们小时在故里受到的教育和熏陶有关。丰乐河南岸的西溪南村,"土宽而正,地弱而厚,水楫而回",是钟灵毓秀之地。从明正德、嘉靖年起,村中吴姓就在两淮世代从事盐业生意,财富雄峙一方,文风也极为昌盛。早在宋朝,村中就建有溪南书院。到了明朝,又建有崇文书院。同时拥有文化和财富,使得这里的人们十分热衷于艺术收藏,"家家书画,户户鼎彝",收藏家和鉴赏家辈出,为"休、歙之最"。明末清初的时候,有个叫渐江的和尚,他原本挂单在歙县城外的长庆寺,一到冬天,就到西溪南村外仁义禅院里"度腊"。村中有个叫吴梦印的,曾在外经商多年,家中收藏宋元书画特别丰富。渐江与他私交甚好,常盘桓在他家中阁楼上展玩描摹先人画作,每见佳作,双膝不由自主跪地,口中喃喃道:"是不可亵玩。"傍晚时,他揖别吴梦印走向村外的禅院,倚靠着村头石桥的护栏,近河的枫杨树林间,无数的寒鸦飞舞起落,不远处禅院里传来暮鼓声声,远处的村落人家飘升炊烟徐徐化作夜霭,耳畔虽有呼呼寒风吹过,但他心里别有一番闲适自得。渐江被后世尊为新安画派的开创大师,西溪南村也被世人称作新安画派的摇篮。然而汪道昆却坚持认为,岩寺收藏文献要远比西溪南丰盛得多,"夫以文献概吾乡,其著者称岩镇。岩镇盖万家之市,其著者称诸方,方太学銮故以藏书倾邑里"。岩寺是从丰乐河泛舟而下五里许另外一个西乡重镇。清朝康熙年间,岩寺人佘华瑞著《岩镇志草》,他的姻亲、同为岩寺人的程佶在为之作序时欣然写道,岩寺"虽歙西一隅,为九达之逵,而巨室大家之都会,英才之盛,媲美周京,闺阁之贤,称为邹鲁。先贤之经画,规模弘远,溪山之环秀,悉发天然"。20世纪初出生在丰乐河畔另一个名村潜口的汪世清,少年时负笈北游,后一直寓居京城,但丰乐河两岸的美丽风景和丰厚人文一直萦绕在心头。他在与人谈及自己家乡时总是深情款款:"我歙古村落,尤其是丰乐水流域一带,村村都是一个古建筑的博物馆,连接起来便是一座文化走廊。"

西乡的繁华梦却在清朝的咸丰年间被彻底击破。其时,徽州成为清军与太平军"拉锯战"的主阵地,西乡由于交通便利,且这里的人"承平日久""素不闻兵革之事",太平军烧杀劫掠如入无人之境,以致"尸横遍野""十室九空"。中华人民共和国成立后,"文革"时期,作为"文献之邦",西乡再次陷入混乱的境地。古人云,"欲识金银气,多从黄白游",那团"金银气"曾久久地停驻在西乡的天空,而与他乡无关。如今"金银气"不知被风吹往何处,有关西乡,只是一个个充满惆怅的前朝故事了。

三

"儿不嫌母丑,狗不嫌家穷。"用这句歙县南乡的谚语来形容我与南乡之间的感情,当最为准确贴切。

40年前,我在南乡小洲村由张姓宗祠改建的小学教室里午睡。我躺在课桌上,双眼怔怔地望着窗外,碧蓝的天幕下,洁白的云朵幻化成雄狮、奔马、花蕾和山峦,想象着那云里有人正向下看我们。现在想来,如果站在云端看南乡,那就是横卧着的一棵树,树的主干是那条逶迤而来的新安江,它的侧枝就是从两边群山中向着新安江而来宽窄不一的溪流。溪流两岸,拥聚着大大小小的村落,村落背后青山绵延,人家屋宇星星点点。歙县人把新安江两岸边溯支流而上、青山对峙、人家夹岸而居的地貌叫作"源",白杨源、昌源、大洲源、小洲源、街源……3/4的南乡人生活在这些"开门见山"

的源里。

居住在新安江两岸的南乡人多少还能有"渔泽之利",对于居住在"源"里的人,大自然显得近乎苛刻。"街口进街源,只见青山不见田。"纵深百里的街源,炊烟人家相望,但都局促在山的皱褶里,或是山的额眉之上。其他源里情形也大抵如此,山势交拥相对舒缓些的,才在村庄的周边有零星巴掌大的水田。赶牛犁田转身都不便,脚放直才能行走的田埂上,也密密地种着四时的菜蔬。这里的人们便把生存的目光投向四围的山,山势险峻高耸,多悬崖石壁,平缓处小半辟作茶园,因为近江空气湿度过高,茶叶品质不佳,却是这里人们一年中最为主要的经济来源;多半被垦作种植粮食作物的耕地,地薄土坚,不利保墒。顺治年间编撰的《歙县志》这样描述这里的土地:"地寡泽而易枯,十日不雨,则仰天而呼,一日骤雨过,粪壤之苗荡然矣。"

于是那种学名叫作玉米,被当地人称作"苞芦"的植物,以坚韧质朴的禀赋,责无旁贷地做了南乡人生活中的主角。春夏之际,南乡人家房前屋后,苞芦顶花带露,迎风婆娑起舞。秋风一起,条条山路上男女老少或挑或背汗流浃背,筐里篮里是清一色刚掰下来的苞芦。在南乡人眼里,苞芦浑身是宝,"干之能供炊,埋地能松土,苞皮可制纸,苞心可饲猪"。由于产量低,且常年做主食,苞芦在南乡人的餐桌上精心而又巧妙地变化着各种花样。苞芦粿是农忙时节才能享用的食物。天色未明时各家主妇起床蒸粉做粿,虽只就着灶膛里的火光,做出的粿却大小如一、厚薄均匀,大多以咸菜为馅,有时也用南瓜或萝卜切成细丝做馅。人们匆匆吃过早饭,扛着锄头,晃荡着盛着粿的布囊,走向各家的山地。太阳当顶的时候,拾来几根枯枝将粿烘焙得嗞嗞冒油,就着山泉,迎着山风,看远山近岭莽莽苍苍,倒也吃得齿颊留香。冬日农闲的时候大多以苞芦糊作早餐,煮开一锅清水,右手持擀面杖将水顺时针搅动,左手徐徐下以苞芦粉,苞芦糊渐趋浓稠且啪啪冒着气泡的时候,投入盐和菜叶。端着一碗苞芦糊,焙着火熜坐在自家门口,冬阳如巨大的火球正跃出那边山岗,一种温暖便从心底徐徐升腾起来……

南乡人说:"纵有良田万亩,不如一技在手。"又说:"卖田卖地卖不掉手艺。"他们以为,田地不仅金贵不易得,而且还有丰歉之时,只有学成一门手艺,方可消除衣食之忧。小时耳濡目染,我总是对家乡那些手艺人精湛的技艺和他们近乎传奇的故事心驰神往。四邻八乡有人家建造新屋,常常来南乡请了石匠去下基脚。各形石料经南乡石匠们三錾五錾,立马横平竖直,棱角分明。无论基脚下多高,石匠们全用石块勾连铺垫,从不用水泥沙浆黏合。新屋落成之日,主人设宴犒劳众工匠师傅,砖匠、木匠、漆匠等齐齐入座,主宾的位置必定是留给石匠的。上天为造就南乡的石匠特意在这里搭了个大舞台。这里的山多岩石裸露,为了耕作的便利只能砌起层层的梯田,从山底到山顶上百道丈余高的石塝气势磅礴,道道都是石匠们的杰作。每年入了冬,村里的竹匠张立根照例要来我家上几天工。我喜欢蹲坐在他身边,看一根碗口粗的毛竹,随着他手中那把锃亮的竹刀的翻飞,转眼间成了细如针的篾丝、薄如纸的篾片。燃起一堆火,坚韧的竹片在火上烤过之后,经他的手便可随意弯成各种形状。待到灯火初升收工之时,家中便添置了两只菜篮、三只竹篓，或许还有一只礼篮、一只筐箩，其上以篾黄铺底，篾青做笔，编绘着"万"字、"喜"字、"福"字、"春"字等图案。若再糅以桐油，自然就成了一件人见人爱的工艺品。村里人请手艺人来做工，大多递烟敬茶，礼遇有加。完工之日，主人家多炒几个菜，还邀来二三亲友作陪。酒桌上菜是粗菜，酒是薄酒，却家事国事，天南海北，工匠家中妇人打发子女来催过数次，直到整个山村彻底沉入梦境，这屋里的人方才摇晃起身，各自踉跄而去。

1984 年我读初三，因我身体孱弱，母亲再三请托，邻村的油漆匠春苟勉强答应待我毕业后收我为徒。暑假里一张师范学校的录取通知书，使我的人生变了个方向。而我的伙伴们，大多沿着父辈们走过的路继续前行。只是随着土地和户籍制度的改革，他们走向山外的脚步更加坚定和轻盈。16 岁颤颤巍巍跟着父亲走上脚手架的利群，如今成了大腹便便的小包工头；而从父亲手中接过木工斧的建国，正带着十几个小老乡在杭州的装潢市场里闯荡。南乡的土地瘠瘦，赋予这里的人坚韧的禀赋；南乡的天空逼仄，却给这里的人在他乡预留了宽阔的出路。以西乡人为主体，曾经叱咤风云数百年的徽州商人在历史的天空下渐行渐远之后，作为今日歙县人代表的南乡人，正精神抖擞地走向舞台中央。

一生厮守一江水

我至今仍想象不出,当新安江第一次横亘在眼前时,父亲的心情该是怎样的纷繁复杂。那天他 6 岁的小手被一位族叔紧紧地拖拽着,披着漫天的晨星走了近 20 里的山路赶到那个叫梅城的码头。这是 1948 年秋天的一个清早,父亲记得岸边泊着无数的船,有的还从船舱里透出昏黄的灯光。江面上江雾迷茫,船影绰绰。父亲将从这里开始他人生的第一次远行。就在昨天晚上,他的多病的生母整夜将他揽在怀中告诉他,他将离开酗酒的生父和整日沉浸在饥饿之中的 6 个兄妹,由族叔送他去徽州一位远亲家中。尽管父亲从未听说过徽州还有远亲,但在乡亲们的口中,遥远的徽州就是锦绣之乡的代名词。而此刻,亲情别离的苦痛,未知前程的迷惘,温暖衣食的憧憬,父亲的心绪当如眼前的江面一般茫然。

船夫解缆撑篙,木船溯江而上。富有节奏的桨橹声使得船舱里的客人们昏昏欲睡。不久旭日跃上了江峰,江面上被晕染成橙黄色的霞光里,渐渐现出擦肩而过的帆船、款款驶向对岸的扁舟,粼粼波光的尽头是老树掩映着的白墙黑瓦。江面忽而逼仄,水流激荡着礁石浪花飞溅;忽而平阔,云幕低垂处白鹭翩飞。

我相信父亲此刻的心在温煦江风的拂荡之下,正渐渐地舒展

开来。满江的烟霞,带给他新奇和惊艳。而直至若干年后,他才慢慢体悟到,眼前的这条江,对于他即将奔赴的徽州,还有着生命脐带般的意义。

这条江,从黄山脚下奔涌而来,承载着千百年里徽州人开拓进取的梦想。那迎面而来高扬着白帆的乌篷船里,堆满了用竹篾和箬叶编成的筐子,里面装着的茶叶,似乎还沾染着徽州某座山巅缭绕的晨雾、兰花的甜香和鸟雀的啾鸣。那些浑圆的麻袋里支棱着笋干,竹园里拔节的声音是它们心碎的梦。船舷之外,杉树原木编成的木排占据大半幅江面,密密地写着徽州腹地某个村姑的心事。南宋的罗愿在《新安志》中说:"休宁山出美材,岁联为桴下浙河,往者多取富。女子始生则为植杉,比嫁斩卖以供百用。"杉树是徽州父亲为女儿酿制的"女儿红"。船舱里总有几个青涩的少年郎,肩上斜挎着包袱,手里攥着把油纸伞,背井离乡的泪痕还挂在脸上,帆船载着这些"前世不修,生在徽州"的少年,继续往下入桐江、富春江、钱塘江,奔赴东海,或由杭州溯南运河,游走杭嘉湖平原;或穿太湖,抵长江,东至吴淞,西溯巴鄂;或继续横渡北运河,近抵淮扬,远抵幽燕。所谓"山陬海涯无所不至",徽州少年郎就像一颗颗随风飘扬的蒲公英种子,一丝商机就是可以附着的泥土,从此筚路蓝缕,生根发芽。少年郎在苒苒时光中长成精于算计却又和顺儒雅的徽州朝奉,却总是踯躅在落日熔金的江边,一遍遍地回味着江之尽头家乡的模样。

与那些顺江而下高扬云帆直济沧海的徽州少年郎相反,这次父亲是溯江而上,行程艰涩得多。新安江自古以滩多水急闻名于世,古人有诗云:"一滩复一滩,一滩高十丈。三百六十滩,新安在天上。"面对湍急的滩流,桨篙的力量根本无济于事,需要雇请十余个纤夫往上背纤。丰水期时过一座滩需要花一整天,"日出说上滩,上滩日已晦;但见滩水流,片片月光碎"。

上滩的艰险并没有阻挡千百年里一艘艘商船奋然前行,因为这条江是生活在上游徽州腹地的人们命脉所系。康熙年间编撰的《休宁县志》中称:"徽州介万山之中,地狭人稠,耕获三不瞻一,即丰年亦仰食江、楚十居六七,勿论岁饥也。"由于浙江的杭州、严州府与徽州地域接壤,又有新安江舟楫之利,责无旁贷地成为徽州粮食的主要供应地,在徽州,"一日米船不至,民有饥色;三日不至,有饿殍;五日不至,有昼夺。"因此新安江上"溪流一线,小舟如叶;鱼贯尾衔,昼夜不息"。

徽州四围群山盘亘环峙,犹如城堡,唯新安江流向东南方洞开的门户，使得徽州能够翕合着世代的新鲜空气。约 1500 年前的一天，梁高祖告诉酷爱泉石的大臣徐摛："新安大好山水，俾卿可卧治此郡。"指派他溯江而上出任新安郡的刺史。徐摛在任期间以风雅廉洁著称，未曾辜负这一方清淑的山水。1588 年春天，当时的文坛领袖王世贞率两浙三吴上百名才子，浩浩荡荡从新安江上奔赴徽州，与以汪道昆为盟主的徽州士子们进行一场以切磋琴棋书画技艺为主题的"白榆之约"，这场文化盛事至今道来仍令歙县人心潮澎湃。大约 30 年后的一个清秋，曾在万历年间担任首辅的申时行，从家乡吴中启程，前往歙县造访曾同朝为相、如今也已退休在家的许文穆。申时行是个生活上十分考究的人，行前担心徽州无好水，特意在船上载惠泉数百瓮同行。舟达歙浦，见江水澄澈，潭不掩鳞，深为自己的多事感到可笑，于是自嘲地说："新安遍地惠泉也，奚以此为！"他叫船上的人赶紧将带来的水倒进江里。明清以降，一首"欲识金银气，多从黄白游"，引得多少文人士子不惮滩险水急奔波在新安江上，他们带来的各种文化总被徽州所吸纳，使得徽州每每能领时代风气之先。

当然，这些船上更多的是行贾他乡返回故里的徽州商人，无论是赚得盆盈钵满，浑身意气风发，还是囊中羞涩，依旧满脸写满沧桑，那份近乡情怯的感觉却是相似的。咳嗽致夜不能寐的老父盼着他带自己去看郎中抓药，风雨飘摇的老屋等着他去修缮翻新，怀里揣着的银票已磨得有些发毛，欲向妻儿倾诉的话语也默念了多遍。只是山水迢遥，"微茫塔影带霞光，溪鸟知人话故乡。过尽滩程三百六，今朝才复到鱼梁"。鱼梁是徽州腹地新安江最为主要的水陆码头之一,到了鱼梁,似乎就看到了自家门口升起的炊烟,看到父母佝偻的背影和儿女张开的双臂。

父亲这次没有到鱼梁,在进入歙县境内不久一个叫小川的地方就下了船,又走了五里山路,一个叫凌家坞的村子里,一对慈眉善目的中年夫妇接纳了他。若干年后父亲才知道,这对夫妇并非他的远亲,年仅6岁的他被虚报一岁,以七担麦子的价格卖给了这对膝下无儿的夫妇。在我徽州祖父母的供养下,中学毕业的父亲参军入伍,后来放弃了在外发展的机会,转业回到离凌家坞仅30里地的街口区医院当了一辈子的医生,为徽州的养父母尽了养老送终的职责。

经过多年的寻访打听,父亲在40多岁时终于找回老家,见到当时还健在的生母。他很少跟我们谈及那段往事,或许是他那时太小,根本没什么记忆,又或许那本是他生命中一处不可触摸的痛。

二

街口医院的大门口有一排高高的白杨树,大清早就从浓密的树叶里传来声嘶力竭的蝉鸣声,往前是石阶,顺着斜坡可以徐徐下到新安江面。小学暑假时,我常来父亲工作的这家医院小住几日。清晨,我坐在白杨树下的石凳上,看隆隆作响的柴油机船犁开如镜的江面,船尾泛起的涟漪层层荡漾的江岸,这边斜地里忽地划出一叶渔舟,如箭般驶向江心,江峰上投来的阳光将它勾勒出一个灵动的剪影。

若干年后我才知道,我没有看见父亲。当年父亲眼中湍急的滩流和躬身前行的纤夫,是因为在下游建了新安江水电站,那是一座中华人民共和国成立后由我国自行设计的中型水电站。1982年春天,我就读的小川中学组织学生去参观这座足以激发大家民族自豪感的伟大工程。学校雇了一艘运沙石的水泥驳船,船舱上方覆盖了油布,上百名学生各自携了板凳坐在船舱里。船顺江而下开了两整天,我从油布的缝隙里看江面越发宽阔,直至迷茫一片。对于水电站,我只记得那些巨大的圆柱状的发电机发出轻轻的嗡嗡声,令我惶恐而战栗。逃也似的走出水电站后,回望那高耸入云的大坝,我很惊奇人类在自己建造的物体面前为何显得如此渺小?

我相信宝利对水电站的印象比我要深刻得多,因为这座水电站曾经改变了他家族的命运。宝利是我初中时的同桌,他家紧挨着学校,庭院里总是晾挂着各式渔网,摊晒着各种鱼干。宝利和他父亲忙着剖鱼、冲洗,他常常在上课铃响后,老师进教室之前的那一刻才冲进课堂,他的衣服上下粘着鱼鳞,浑身有股散不尽的鱼腥味。那时的小川中学没有操场,仅两三幢土墙屋拥挤在半山坡上。班上二三十个男同学住在一间仅十几个平方米的宿舍,常让人觉得透不过气来。一天下了晚自习后,宝利邀我去他家渔船上守护渔网。宝利驾着小舟载着我到江中心他家渔网边,从船舱搬出一块大石头扔向江里,将船泊住。我们并肩躺在没有篷的船舱里,分不清哪里是渔火,哪里是繁星,两岸江峰只是黑魆魆的影子,半山间仿佛有人家的点点灯光。阵阵江风抚慰着我们,也推动着小船轻轻摇晃,让我们有种睡在摇篮里般的惬意。

宝利告诉我,在这水面之下,有他父亲原来的家。那是一座有着高深天井的老式宅院,房子的梁柱比水桶的腰还粗,屋后还有一座花园。因为他们家祖上是经商做生意的,在小川这一带算得上是一户小有名气的人家。1958 年兴建新安江水电站,原本说到 1960 年 10 月 1 号才蓄水发电的,却突然被提前了一年。由于时间紧迫,又因为被安置在歙县北乡富㶚一带路途遥远,宝利的祖父母携带着宝利父亲和四个兄妹,只匆匆收拾了几件换洗衣服便上了路。一路上行人络绎不绝,个个肩挑背扛,衣衫褴褛,走走停停,无精打采,一打听,都是新安江沿岸的移民。走了两天两夜到了富㶚,连同其他几户移民一起被安置在村中的破祠堂里。不久他们就知道了一个可怕的事实,歙县北乡水田肥美却人口稀少的原因是这里血吸虫病肆虐。时间不长,宝利的大伯果然患上了血吸虫病,宝利父亲吓得连夜跑回了老家,而家园却已在茫茫万顷碧波之下。他坐在岸边哭了半天,转身在岸上寻一平坦处搭了个容身的草棚。但这是为当时的政策所不允许的,宝利父亲因此差点被抓去批斗,好在村里跑回老家的移民日益增多,法不责众。靠着一个草棚遮风避雨,靠着在新安江里捕鱼维持生计,宝利父亲硬生生地靠着一双手在新安江边又创建了一个新的家。

夜色浓重的江面上十分寂静,偶尔会有鱼儿用尾巴拍打水面引发一声巨响。宝利说那是上了网的鱼拼了力气在做最后的挣扎。他能从那响声判断出上网的是鲢、草、鲤、鲫,还有那鱼大体的分量。宝利似乎认为这辈子就是为了做一个渔民而来的,初中毕业后,他没有参加中考就平静地回到家中,从此驾着一叶扁舟在江面上,风里雨里独自来往。我则外出求学、工作,回家的路越走越长。偶尔几次经过他家门口,庭院里依旧晾挂着渔网,摊晒着鱼干,门户总是紧闭,门上的对联被风雨吹打而辨不清原来的颜色。

大概是在 2010 年的夏天,小川乡政府举办"有机鱼文化节",我作为家乡旅外人士代表应邀到会。乡长在大会上说,网箱养殖有机鱼,已经成为我们乡脱贫致富的重要抓手,下一步将成立养殖合作社,做大做强小川鱼产业,提高小川鱼品牌的市场知晓度和美誉度——一席话说得全场热血沸腾。大会主席在宣读"养鱼能手"名单时,我听见了宝利的名字,他和几个人一同上台领奖并与领导握手。毕竟有 20 多年没见面了,又或许是他日日在江面上日晒雨淋的缘故,眼前的宝利与几十年前他父亲一个模样。乡领导领着我们去参观养殖网箱,江面上数百只网箱整齐划一地铺展开去,仿佛是一块块秧苗正扬花吐穗的稻田。政府食堂给我们备了桌全鱼宴,在大快朵颐的时候,我似乎看见了家乡的灿烂明天。

宝利瞅了个空当找到我,要了我的手机号码。后来他到市里办事,曾到我办公室小坐过几次,我知道了他拥有 10 只网箱,每年能有五六万元的收入。他最热衷的话题是关于他儿子的,他儿子曾以全县第一名的成绩考取歙县中学。此后每逢过年,他都会拎了只塑料水桶来找我,里面是四五条两三斤重的鲢鱼或是鳊鱼。我知道这鱼是养在江里的,口感比市场上同类的鱼好很多,价格也高出许多,我想回赠点什么给他,他总是以"自家养的,不值钱"为由婉拒了。

大概是前年的某一天，我从报纸上看到一则消息，说是为了确保新安江作为长三角战略水源地的水质安全，有关部门推动实施新安江水环境补偿机制试点工作，江面上取缔一切养殖活动。我赶紧拨通宝利的电话，接电话的是他的妻子，她平静地告诉我，他们家的网箱年前就被清理掉了，宝利去杭州打工了，踩三轮车给人送货。我默默然。今年清明我返乡祭祖，新安江上杳无人迹，江水果然碧蓝清幽了许多。在一处僻静的江湾里我看见一只废弃已久的网箱，心里顿然想起宝利此刻正在杭州某个街头奋力蹬着三轮车。

三

回望我的人生轨迹，就像一只溯江而上的帆船，鼓荡着风帆不断令我前行的，是我的文学梦。

歙县新溪口中学是我走上工作岗位的第一站，也是我的文学梦扬帆启航的地方。那里有着新安江在歙县境内最为开阔的江面，半山坡上，两座土坯墙的数学楼隔着一个操场孤零零地对望着。过了霜降，簇拥着校园的连绵不绝的橘园里一片金黄，江面上载满了橘子的船只穿梭往来，这是新溪口一年中最为热闹的时光。平日里，山腰间云雾聚散依依，江面上波光兀自激滟，还有一只老渡踽踽来往。每日有两三班客轮，从上游或下游隆隆而来，在码头上吐纳了几个旅人，又继续向着上游或下游隆隆而去。其中我最为热盼的，是上午10点从下游驶来的那班客轮，它过后不久，那个一袭绿衣的邮递员就会准时出现在校门口的传达室里,从同样是绿色的邮包里捧出散发着油墨香味的报纸杂志,间或还有一只邮寄给我的圆鼓鼓的信封,那是哪家采用了我文章的杂志社给我寄来了样刊。而我最幸福的事情,就是在课堂上给我的学生大声朗读我刚完成的习作,收获一教室无邪而又钦慕的目光。新溪口中学两年的教师生涯,就像5月里满山的橘子花一样,一丝清苦中回味着浓浓的甘甜。

而在歙县古城工作、生活的5年,使我越发感受到新安江在歙县经济社会发展史上烙痕之深刻。阴雨天,撑一把雨伞出县城南门,穿过有着青石板做栏杆的新安古道,听得见鱼梁坝传来哗哗水流声的时候,双脚已踏进鱼梁千年古街了。脚下的石板依旧光洁,那些深深的勒痕诉说着这里曾经的车水马龙;沿街店面曾经显赫一时的店号只剩下高矗的墙体上一团斑驳的墨痕,店门大多紧闭,偶尔有门半合着,看得见屋内齐人高的柜台和落满尘灰的货架,一个老者佝偻着身子走向更加黝黑的里屋。一只野狗急急走向一旁的小巷边抖落身上的雨水,一株石榴从墙头探出身子,满树繁花兀自寂寞开放,一条老街就像它头顶的天空一样幽暗狭长。及出老街,视野和心情顿然开阔,远处紫阳山葱茏苍翠空蒙一片,山脚有老树人家,江边有一列白墙黑瓦逶迤而来,建于明朝万历年间的紫阳桥横跨江面之上。紫阳桥在徽州古桥中独具特色的是它的桥拱特别高,在那个江面上樯帆如云的年代里,那些溯江而上经历了万千风波的船,放下桅杆,穿过桥洞,眼前便是日思夜想的故乡。而那些趁着熹微晨光从鱼梁出发的船只,穿过桥洞,竖起桅杆,扬起白帆,太阳升起的地方云蒸霞蔚,那里有它热切憧憬着的灿烂前景。在明清千百年间行贾四方的徽州人脑海里,紫阳桥无疑是一个有关家乡的强烈的精神符号。而此刻它静沐在冷雨之中,如同一个被世人遗忘的老者,默默地期盼着有人走近它,倾听它喋喋不休地述说满腹的昨日故事。

而不知不觉间,我定居新安江上游重镇屯溪已有20多个年头了。20多年来,江面上的渔船和浣洗的妇人不知何时消失了,人们在江中筑起水坝抬高水位,在两岸用石块砌起冰冷而坚硬的堤岸,移栽上蓊郁的老树,又在近水处修建亭台楼阁、曲折回廊。白日的江面上越来越多高楼的倒影,入了夜,笙歌悠扬的画舫驶过光影斑斓的江面。这里的江浓抹艳妆,已经没有了清纯和朝气。周末得空闲时,我便骑着单车逃也似的向着江的下游去了,那里平平的江面上白鹭低飞,金黄的油菜花簇拥着白墙黑瓦,晨光中有人撒网,满江金光荡漾,暮色里老渡船驶向老树下炊烟升腾的对岸。桃花坝上桃花开时十里红云,枇杷园中枇杷熟时一江碧水也被染成金黄。蹲坐在江边的礁石上,层层浪花翻转过来,在脚边轻吟低诉。江风拂面,蜷缩的心活泼泼地舒展,思绪便在开阔的江面之外绵延起伏的峰峦间飘扬开去。我只愿将此生化作那坡上一株樟树,或是岸边静泊着的那叶扁舟,永远守望着这一方宁静的青山绿水。

与一座城市终生厮守

20 年前我只身一人第一次走进这座城市,刹那间有种怦然心动的感觉。那是 4 月里的一个清晨,天空飘洒着这座城市常见的绵绵细雨。我站在那座有着数百年历史的老桥上,依凭着被岁月打磨得十分光洁的桥栏,看雨雾中平阔而略显寂寥的江面、江左静默的白墙黑瓦和对岸影影绰绰的树影。回望身后那座名叫华山的小山岗上,老树新绿清荣俊茂,无数的白鹭在一片浓绿之上蹁跹起落。我仿佛邂逅了一位眼里略略含些哀怨的长发少女,当下就有几分在这里卸下沾满风尘的行囊的奢望。仅仅在 5 年之后,这座城市的每个黄昏就有了一个张望着我的窗口,每个夜晚都有属于我的一室灯光。每念及此,无不深深感激命运女神对我的特别眷顾。15 年里,我与这座城市相守相望,沐浴着它的款款深情,将生命融进它的每一个日出日落。

当初与它相遇时,严格地说,它还不能算是一座城市,只是一座依傍着新安江的小镇。千百年来,古徽州腹地盛产的茶叶、桐油和木材,在这里会聚后扬起风帆顺江而下,也成就了临江逶迤三五里的石板古道和两旁白墙黑瓦高低错落的店铺。我初来这里时,每日穿过铅华褪尽后充盈着朽败气息的老街,看风帆已飘向了岁月深处的新安江,江面上绿藻恣肆,水草摇曳,一艘老渡孤独往返两岸。我与这座城市相依相偎的日子,见证着那条江从沉沦中复苏,从枯寂一日日走向丰盈。大型的推土机隆隆开进了江心,江底落满的千年心事被深挖、托举,然后运到远处的阳光下摊晒,堤岸伴随着草坡、矮树和白玉兰状的路灯在江的两岸上下延伸,城市的下方建起了一座拦水坝,碧蓝的江水盈盈地做了这座城市的底色。每日清晨,我在江堤上漫步,伸腰、踢腿、快步走,东方的山岗上有了蛋黄状的太阳,眼前迷蒙一片的江雾逐渐消融,化解成丝丝缕缕,在平阔的江面上旋转、飘升。渐渐看清了江堤下三五个边说笑边捶洗着衣物的妇女,一叶扁舟在这时款款近岸,船舱里蹦跶着晶亮的小鱼。也渐渐看清了对岸海市蜃楼般的楼丛、街道和车流人群。飘升的江雾被对岸高楼的墙面和玻璃折射过来的光芒调和得光怪陆离,使人仿佛置身于阆苑仙境之中。

这座城市是清秀灵动的。

晨练之后我常常要去菜市场。菜市场是一座城市人情味最为浓郁的地方。那些瓜果蔬菜码放得整整齐齐的摊位并无多少引人之处,反倒是僻静处几个半蹲着的白发苍苍的老翁老妪身前的菜篮使人眼前一亮。譬如这个时节,那些菜篮里有采自涧水边的水芹、长在田埂上的马兰、刚探出身子一脸惊奇地张望着这个世界的香椿,还有浑身沾满这个清晨的露水的野竹笋,它们总使人想起童年、故乡和春风拂荡的田野。再过一段日子,那些菜篮子里或许就摆放着一捧散发着浓烈药香味的五加皮,还有几根顶花带刺的嫩黄瓜。菜市场的斜对门是水果市场,梅雨连绵的时节,门口摆放着许多宽大树叶遮盖着的篮子，里面盛满了产自歙县富岱的杨梅；酷暑难耐的日子，市场里堆满了来自太平仙源的沙地西瓜。农业和农村的气味总是长驱直入，浸润着这座城市的每一寸肌肤。这时已到了上午上学、上班的时间，大街上的人流骤然稠密了许多，却还用不得"车水马龙"这个词来形容。在这个骑辆电动车从最东端到最西端只需十几分钟的城市里，选择汽车作为代步工具显得过于奢侈而无趣。于是更多的人干脆徒步上下班，腋下夹了个小包，踱着方步向供职的地方走去，既强健了身体，又节约了燃油费。

这座城市是随和从容的。

尽管距离风光惊艳天下的黄山还有几十公里的路程，也可算是在黄山脚下，这座城市便以黄山市做了现在的名字。五湖四海的游客们从黄山上下来，脸上沾满了黄山的烟霞，心里满怀的是"朝觐"归来的幸福。在这座城市里生活的我时常要为来自远方的新朋旧友一尽地主之谊。前些年不谙世事，找一家饭店点了毛豆腐、臭鳜鱼之类端上桌，只是想让他们尝尝老徽州的特色菜品，朋友中善加掩饰者随声说好，性格直率者便做举箸难咽状。于是知道尽管徽州菜是人间至美，却并非人人都能消受。吃好了饭陪这些朋友去逛老街，教他们看歙砚、徽墨，看砖雕、木刻，看黄山毛峰和祁门红茶，他们大都懵懂然如听前朝故事。于是，所谓徽文化博大精深的话题只得悄悄咽回自己的肚里。夜晚过了 8 点，一家家店铺关门打烊，高楼上兀自闪烁的霓虹灯益发烘托出街道上的冷清。我把朋友们送回住宿的宾馆，让他们静静听着窗外的雨打芭蕉，盘算着明天各自的前程。他们不知道这是一方被程朱理学浸染了千余年的土地,尽管这座城市出落得清新秀丽,但不会有浓烈扑鼻的香水味,不会有勾人魂魄的媚眼,永远是一副素面朝天、静若处子的模样。

这座城市是含蓄内敛的。

一年之中,我有不少机会公务出差或是外出学习培训,也到过不少风光旖旎的景区和繁华喧闹的都市,但往往三五天之后,"归去来兮"的心情便一日日地迫切。或许是早已过了"仗剑天涯"的年纪,也或许是与这座城市那份难以割舍的情怀,已浓浓地融化在自己的血液之中。

都说新安好山水

北纬 30 度是一条神秘而又奇特的纬线。在这条纬线上，不仅有四季冰雪覆盖的珠穆朗玛峰和百慕大魔鬼三角区等摄人心魄的自然景观，也有着玛雅文化、埃及金字塔等至今无解的人类文明。拥有雄伟瑰丽的黄山风光和源远流长的徽州文化的黄山市，也恰恰被这一纬线所贯穿。

一

皖南与浙西北、赣东北接合处和今天的黄山市地理位置大致相当的这一方山水，从晋太康元年（280 年）到隋文帝开皇九年（589 年）的 300 年间，被称作新安郡。中大通三年（531 年）的一天，梁武帝萧衍召见"酷爱泉石"的老臣徐摛，跟他说："新安大好山水，任昉等并经为之，卿为我卧治此郡。"意思是说任昉曾当过太守的新安郡有好山好水，希望徐摛能够出任新安太守。梁朝的都城在建康（今南京），梁武帝一生未亲临过新安，他得出"新安大好山水"的结论，应该是受了与其同为"竟陵八友"的任昉和沈约的影响。任昉比徐摛早 20 年出任新安太守，他清廉恤民，鞠躬尽瘁，在任时致力推广一种名叫"桃花稻"的耐旱水稻。天监七年（508 年）其卒于官舍，家中仅有桃花米 20 石，家人连为他举丧的能力都没有。而远在都城的梁武帝萧衍只能"悲不自胜"，"即日举哀，哭之甚恸"。因此萧衍对新安山水的想象带有强烈的感情色彩。他的另一位好友、文学家沈约游历过新安，曾泛舟新安江上，仰望两岸山峰云雾缥缈，壁立千仞，俯视清澈见底的深深江水中游鱼倏忽往来，写成传诵一时的《新安江水至清浅深见底贻京邑同好》，使梁武帝对新安山水益发神往不已。

接受了皇帝的指派后，徐摛不辱使命，"至郡，为政清静，教民礼仪，劝农课桑，期月之中，风俗便改"。政务之余，他悠游于新安山水之间，深感皇帝之言不虚。可以断定的是，徐摛未曾结识新安山水中的伟丈夫黄山，由于交通和人力的限制，那时的黄山还沉浸在轩辕黄帝炼丹成仙的神话和漫天的云霞之中。此后的 1000 年间，有缘识得黄山面的，也只有僧人和樵夫。明代万历年间徐霞客来游黄山时，仍需随樵者行，踏雪寻径，凿冰开路。那么那个时代能够进入徐摛视野的，至多也只有南宋时罗愿在《新安志》中提到的徽州盆地周边那些距人类生活较近的、相对低矮便于攀缘的山了。比如歙县，有乌聊山，在县西北 350 步，高 28 仞，汉建安之乱及隋朝末年，歙人毛甘和越国公先后屯兵于此，山上数石圆而白，号称"落星石"。有飞布山，在县北 20 里，高 70 仞，周 27 里，"昔日寇乱，县主簿率百姓保此山获金"。山上有庙，据说甚为灵验。有灵山，在县西北 30 里，高 350 仞，周 70 里。《新安记》中说："灵村有山生香草，名曰灵香，又有黄精木。"更为奇异的是，"上有灵坛，道士祈请,不烧香,自然芬馥"。休宁县,有率山,在县东南40里,高57仞,周221里,徽州的母亲河新安江源于此山中一个汩汩的泉眼。有岐山,在县西60里,高200仞,周23里,凌霄花缕络其上,华时如锦屏。有室方10余丈,垂瀑百仞,西北半壁有大石桥亘两山,其旁有深涧。有松萝山,在县东北13里,山半石壁百余仞,松萝交映。祁门县,有祁山,在县东北一里,高40仞,三面皆石壁,中有石室,旁有涌泉,号"乳泉"。婺源县,有浙源山,在县北70里,亦曰浙岭,高350仞,北连黟县鱼亭山。有龙尾山,在县东南120里,唐朝开元年间,有个姓叶的猎户,为追逐野兽进入此山,见山中之石莹洁可爱,携回家中镌粗成砚,其温润大如端溪之砚。若干年后,叶姓子孙将此砚献给县令,县令十分惊奇,召集工匠进山凿石琢砚,歙砚由此盛名天下。由于地处皖南丘陵,这里千山万峰连绵交错,

林木葱茏四时不凋，悬崖瀑布飞珠溅玉，白雾流云舒卷其间。境之四周，"东则有大鄣之固，西则有浙岭之塞，北则有黄山之隘"。它们宛如天然的城垣，将这一片"山限壤隔之地"拥裹在一派云蒸霞蔚之中。

相较于山，新安的水与这里的人显得更加亲密和热络。新安之水，大体发端于境内西北部黄山、东北部天目山余脉、东南部白际山等纵横交错而又相对高峻的山脉及所谓源出"万脉之上"。初始为隔着浓密的草木听得见汩汩水声的一脉细流，转眼成为万丈石壁上飞流而下的瀑布。在幽深山谷里，时而是水花翻滚、雷鸣作响的水濑，时而是静若处子的一潭青碧，几枚猩红的老叶在水面上缓缓地游弋。流淌了几道山谷之后，熹微晨光中有前来汲水的汉子，埠头上有三五说笑着浣洗的村姑。鸭子扑棱着翅膀扎进水中，水面上倒映着的白墙黑瓦被扭曲着荡漾开去。在村头竭坝的导引下，水流顺着水圳穿村而过，村落旁田野里谷物正抽花扬穗，水碓外有些破败的水车吱吱呀呀四季旋转。顺着山势转过几道弯之后，水面上有着踽踽来往于两岸的老渡，有着抛洒万点霞光的渔舟，有着忽远忽近蹁跹徘徊的鸥鹭，有着更加空阔的蓝天白云。由于新安之水系由雄起的中部向四方奔流而出，河床落差大，在农耕时代往前，河道内有的地段"石尽仇池，湍皆滟滪"，意思是河流中的礁石像传说中仇池国里嶙峋怪异、大小错落的仇池石，河水波浪滔天、漩涡回转如同长江三峡中湍急险恶的滟滪堆。有的则是万顷长潭，所谓"洞澈随深浅，皎镜无冬春。千仞写乔木，万丈见游鳞"。这里的水，就这样"深潭与浅滩，万转出新安"。新安水出，大体有三个方向,分别是往东南方向流向钱塘江流域的新安江水系,往西南方向流向鄱阳湖流域的阊江水系和乐安江水系,以及从黄山北麓向西北方向直接流入长江的水阳江、秋浦江和黄盆河水系。其中新安江在境内流淌242公里,流域面积5757平方公里,被这里的人们称作"母亲河"。

自从晋太康元年这块土地被命名为新安郡,这条江就被称作新安江。至少在20世纪之前,大多数人对新安的第一印象来自他们借以进入新安腹地的主航道新安江。明朝末年歙县潭渡人许楚以诗风"渊妙冲澹"而声誉特盛,"每一篇出,即宝贵艺林"。明亡后其纵情于山水,曾编辑"自刘宋元嘉始,迄昭宗天祐前后"古人吟咏新安江的诗歌40余首,如谢灵运的"江山共闲旷,云日相照媚",刘长卿的"清流数千丈,底下见白石",他自己也曾创作《新安江赋》,王阮亭(渔洋)读后惊叹"三百年来无此作矣"。但不论是许楚辑录的古诗,还是他自己创作的歌赋,他们描绘的新安江可以概括为四个字,即"至清至美"。关于新安江水的清,还有一个典故可以为之佐证。申时行和许国为明朝万历皇帝时内阁的首辅和二辅,两人政见相合,交谊甚笃,同年退休后回了各自的老家吴江和歙县。许国常一叶扁舟顺新安江而下抵姑苏,申家庭院深深,看门的家丁见许国独自一人拄着拐杖都不愿意为其禀报。而申时行来新安回访许国时,却是另外一番做派。动身前,他担心新安无好水,在乘坐的船上"载惠泉数百瓮"。舟达歙浦,见远方群峰攒立,霞光掩映,近处江水澄澈,潭不掩鳞,于是有些自嘲地跟同来的人说:"新安遍地惠泉也,奚以此为!"叫他们将瓮中的水全部倾倒进江中。

也许只有生活在这里的人，才能真切地感受到新安江对于这块土地有着如同生命的脐带一般的重大意义。新安山多地少，"耕获三不赡一"，粮食严重依赖邻近的杭州府、严州府和江西鄱阳、浮梁一带。新安江上米船"鱼贯尾衔，昼夜不歇"，"一日米船不至，民有饥色，三日不至有饿殍，五日不至有昼夺"。当然，与米船一同被运进新安的，还有这里的人们精神文化方面的需求。徽属商务聚于屯溪，一冠履之时趋，一袍袴之新样，其自江浙来者，休首承之，次即及歙之西乡，然后再向腹地辐射开去，使新安虽地处万山之中，却一样能呼吸到最为新鲜的时代气息。而从新安扬帆而下的乌篷船里，满载着的是这里盛产的茶叶、桐油、箬叶，还有一群泪痕依稀、斜背着雨伞包裹的少年，满怀着辞别爹娘故土的酸楚和未知前程的憧憬，却不知这一路行去，命运之舟会系泊在哪一湾深潭，停驻在哪一处浅滩?!

二

新安千山竞秀，万壑争妍，山水大有可观。在白际山脉与黄山山脉之间，有着一个呈北东—南西走向的盆谷，号称"休歙盆谷"。谷底地势平坦，中有浑圆状低丘，周边是丘陵、低山。这里土层深厚，土壤熟化程度高。东晋成帝咸和二年(327 年)，新安太守鲍宏倡建鲍南堨，极大地提升了农耕文明的程度。千百年来，这里一直是新安粮食的主产区，也是工商业的聚集之地。《歙县风俗礼教考》中称"惟正西土壤沃野，家号富饶，习尚较诸乡较侈"，指的就是这一方水土。然而这块盆地面积仅为660平方公里,不过新安地域的1/20,盆地之外,山高地少,坡陡土薄。宋代罗愿在《新安志》中指出,徽州不仅"土狭",而且"故为瘠土,岩谷数倍土田"。明嘉靖《徽州府志》也称:"徽郡保界山谷,土地依原麓,田瘠确,所产至薄,独宜菽麦如虾,不宜稻粱……田少而直昂,又生齿日益,庐舍坟墓不毛之地日多。山峭水激,滨河被冲啮者,即废为河渍,不复成田。"徽州并非农作物生长的理想场所。水稻曾是历代主要粮食作物。这里的人们为种植水稻,多选山势平缓处层层垦辟水田,然"越十级而不盈一亩",犍牛和犁铧根本施展不开。灌溉稻田的水源自那边森森的山谷里的冷水,且光照不够充足,《徽州府志》中说"新安之谷大率宜籼不宜粳"。这里只适合种植耐旱、耐冷水的大、小白归生,桃花米,冷水白等籼稻品种,因此产量极低,"即丰年,谷不能二之一"。粮食的短缺,使新安的人口一直在低位徘徊。

17世纪末18世纪初，一种叫玉米的耐旱耐瘠的植物的引进种植，才使这种状况略略有所改观。玉米对这里的土地适应能力强，产量高，而且玉米本身的利用率高。"干之能供炊，埋地能松土，苞皮可制纸，苞心可饲猪。"事实上，一直到20世纪80年代初，玉米都是这里尤其是山区里的人们的主要口粮，也使在歙县南乡长大的我至今仍对它心怀感恩。每年过了5月，漫山遍野齐刷刷的玉米沐浴着阳光扬花吐穗，风让它们在山岗上起伏着绿色的波浪。过了秋分，大人们从倒伏的玉米身上掰回的棒子使我最早领略了又一年清新甘甜的味道。成熟的玉米晒干后在村头的水碓里磨成了细粉，农忙时天未放亮，砰砰拍打案板做玉米粿的声音便在村落里此起彼伏。玉米粿不仅是耐饥的早餐，还可以背上山去做劳作后中午的干粮。农闲时却只能烧开一锅水，用擀面杖搅动着水边撒下玉米粉，最后再撒一把菜叶子，早饭时左邻右舍端出来的，都是这样一碗内容相似的玉米糊糊。如果到了冬闲时节还能吃上烤的酥香的玉米粿，这一年的年景肯定是风调雨顺。"脚踩一盆火，手捧苞芦粿，除了皇帝就是我。"这首民谣描绘的就是这里人们眼中那种至上的幸福。

毕竟上天不负新安人，它没有赋予这里的人们平阔肥沃的土地，却给了他们连绵翁郁的山岭。山岭上葱茏林木遮天蔽日，其间"大抵新安志木，松、杉为多"。唐朝末年，河北易水人奚廷圭为避战乱渡江而来，见此地漫山松树苍翠挺拔，于是"居歙造墨"，"其坚如玉，其纹如犀"的徽墨从此流芳百世。这里的杉树在宋朝已经闻名遐迩，以至于苏州人范成大都听说"休宁山中宜种杉，土人稀作田，多以种杉为业"。南宋罗愿在《新安志》中介绍了一种可爱的习俗："女子始生则为植杉，比嫁斩卖，以供百用。"每年冬天，木商雇请山民进山伐树，候至来年五六月，连绵的梅雨导致溪涧泛涨，粗大的树段随着湍急的洪流从深山里呼啸而出，至水流平缓开阔处，用藤葛将树段编成桴排，复顺江而下，"出浙江者由严州，出江南者由绩溪，为力甚易"。至少在宋代之前，木业就是这里的人们浮沉商海的大宗行业了。新安多矿脉，如祁门富瓷土。明代科学家宋应星在《天工开物》中说："景德镇从古至今为烧器地，然不产白土，出土婺源祁门两山。"因此"（祁门）土瘠民贫，岁入无几，多取于水碓、磁土"。歙县东北则多石灰矿。"破其块而付之煅，腻如粉"，售与人们用作建筑和耘田杀草。

新安雨水充沛，重峦叠嶂间常年云雾缭绕，土壤多为花岗岩风化发育而成，土层虽薄，但腐殖质层较厚，十分适宜茶树生长。至迟在唐代，茶树已在这里广为种植。唐懿宗时的歙州刺史张途曾言："（祁门）山且植茗，高下无遗土；千里之内，业于茶者七八矣。由是给衣食，供赋役，悉恃此。祁之茗，色黄而香，贾客咸议，逾于诸方。每岁二三月，素求市，将货他郡者，摩肩接踵而至。"从唐至今，茶叶就成为这里人们重要的经济来源。《治事》中记载："山郡（新安）贫瘠，依恃灌输，茶叶兴衰，实为全郡所系。"这里的茶不仅产量大，而且品质高。"茶圣"陆羽在《茶经》中说："歙州产茶，且素质好。"在明代，休宁出产的松萝茶就远近闻名，袁宏道在《西湖记述》中说："松萝茶者，味在龙井之上。"到了近现代，黄山毛峰、屯溪绿茶、太平猴魁、顶谷大方、祁门红茶无不为世人交口称赞。每当春风拂遍,老树新绿,布谷声急,油菜为新安山水涂上黄亮的底色,一年一度冗长而忙碌的采茶季拉开帷幕。每日里天刚泛白,漫山遍野碧绿的茶园里就有了星星点点采茶的人影。而这一日里无论是烈日炙烤还是豪雨如注,采茶人只是蹲坐在茶树前纹丝不动,只有两只手逐着新绿的叶子上下翻飞。白日里的村落空荡荡的,一只母鸡带着毛茸茸的小雏在门前的草丛里觅食。入了夜,炒茶的炉火映红了小村大半个夜空,屋宇人家沉浸在浓浓的茶香中,直到又迎来一个忙碌的清晨。

三

新安的山是闭锁的,它盘亘环峙。时光荏苒,历史不断在演化、推进。峻巍峭厉的山赋予这里的人剽悍、刚毅、守信、俭朴的品格。东汉之前,山越人栖息于此,一次次勇敢抵御外来势力的侵入。此后"武劲之风盛于梁陈隋间,如程忠壮、汪越国,皆以捍卫乡里显"。一直到唐末"黄巢之乱"爆发,中原的门阀士族乃至庶民百姓,为避兵燹不远千里迁居此地,也带来了先进的中原文化,使这里的风俗益趋文雅。宋至明清,作为正统思想的程朱理学对这块土地的影响至深,究其原因在于,这里是程朱理学的奠基者程颐、程颢和集大成者朱熹的故里。二程乃新安程姓始祖忠壮公程元谭之后,"胄出中山,中山之胄出自新安黄墩,实忠壮公之后裔"。程氏一支迁河南,即程颐、程颢家族。朱熹祖籍徽州,"世居歙",其父朱松曾在城南紫阳山中读书。朱熹入闽后,对新安更是念念不忘,不仅以"紫阳"名其居,而且言必自称"新安朱熹"。其曾于绍兴二十年(1150年)和二十七年(1157年)两次返乡扫墓。尤其是第二次返乡时,其已是名震东南之大儒,不仅"遍走山间坟墓"祭奠,还迟留数月讲学于乡里,"执弟子礼者三十人"。此后又有元末理学家、歙县大儒郑玉在当地筑师山书院,昼耕夜读,传承弘扬朱熹"当世之人无不学"的教育思想,徽州书院教育由此勃兴开来。

新安人以新安为程朱桑梓之邦而深感自豪,将程朱视为最得孔孟道统真传之人而加以顶礼膜拜。由于徽州学者对朱子的敬仰,加之南宋以来统治者对朱熹思想的推崇,宋元以后,这里"理学阐明,道系相传,如世次可缀"。这里的人们认为:"我新安为朱子桑梓之邦,则宜读朱子之书,取朱子之教,秉朱子之礼,以邹鲁之风自待,而以邹鲁之风传之子若孙也。""自井邑田野,以致远山深谷,居民之处,莫不有学、有师、有书史之藏。其所学本,则一以郡先师朱子为归。凡六经传注,诸子百氏之书,非经朱子论定者父兄不以为教,子弟不以为学也。是以朱子之学虽行天下,而讲之熟,守之固,则惟新安之士为然。"一切以朱子论定为依归,恪守不移。朱熹关于伦理纲常的理论是"千万年磨灭不得"的绝对真理,朱熹所制定的《家礼》,是新安各大宗族制定"家典""族规"的蓝本。在徽州,不仅官宦之家、书香门第,甚至村妇野老、引车卖浆者之流也熟知朱子其人其言。千百年间,程朱理学深刻在徽州村落社会生活的方方面面。从村落的选址、布局、营建,到宗族的祠堂、族田、族规、祭祀,以及家庭内部的冠、丧、婚、葬,甚至于每个人的日常起居、生活、出行、走路、言语、态度,等等,都以朱熹所倡导的"礼"为遵循。在康熙年间的徽州人赵吉士眼里："新安各姓,聚族而居,绝无一杂姓搀入者,其风最为近古。出入齿让,姓各有宗祠统之,岁时伏腊,一姓村中千丁皆集,祭用文公家礼,彬彬合度。"理学的盛行,使得这里人们的生活安然有序:"父老尝谓新安有数种风俗,胜于他邑,千年之冢,不动一抔,千丁之族,未常散处,千载之谱系,丝毫不紊。主仆之严,数十世不改,而宵小不敢肆焉。"

乾隆时期的新安人程读山更进一步指出:"不知吾乡山水甲天下,理学第一,文章次之,人知节俭,有唐魏之风。"勤勉节啬,似乎是新安人共同的性格特征。一则是因为这里田少地薄,治生维艰。二则是受了理学"克己复礼",一切事务"务从简朴、不得奢靡"的熏陶。康熙《徽州府志》中称:"然其家居也,为俭啬而务蓄积,贫者日再食,富者日三食,食惟馇粥,客至不为黍,家不畜乘马,不畜鹅鹜,其啬日日以甚。""女人犹称能俭,居乡者数月,不沾鱼肉。"而习尚俭朴也是新安留给外来人的最为深刻的印象。明朝中后期,徽商如日中天,万历二十六年(1598年)九月,著名诗人谢肇淛在徽州士商潘之恒的陪同下游历新安,原本以为这里是繁华富庶之地,却见这里的人们日常生活十分俭朴,衣食住行也俭啬得出人意料,于是作诗称:"纤啬异他乡,能无足稻粱。家家村酒白,处处薄糜香。"并慨叹道:"(新安人)菲衣恶食,纤啬委琐,四方之人皆传以为口实,不虚也。"这样的习俗一直持续到清朝末年,光绪三十三年(1907年),刘汝骥赴任徽州知府,沿途进行社会考察,着实感受到这里千年未变之习俗:"闻祁(门)、黟(县)之俗,同巷相从夜绩,一月得四十五日,此风至今未改。歙、休之俗,居乡者数月不见鱼肉,其荆布裙钗,提瓮而汲、烧笋而饷者比比也,未尝不叹其风俗之美、田家之苦。"

与新安山的闭锁相比,这里的水却是开放的,是与山外的世界紧紧连通的。或由新安江东经三百六十滩而达钱塘江,赴东海,由杭州进入南运河,可达杭嘉湖平原,横渡长江进入北运河,则近抵淮扬,远抵幽燕;闿江西历六十又四滩进入鄱阳湖,出长江,下抵吴淞，上溯巴、鄂。"可怜故乡水，千里送行舟"，展现在人们面前的，是与"天蹙地窄"的新安截然相反的宽阔的世界。其实新安人很早就意识到了这里的水对于改变自身命运的意义，把这张放射形的水网作为他们挟资四出的水上走廊，"山陬海涯无所不至"，足迹"几遍禹内"。凭着这里的水赋予的柔韧、灵活、涵容、善变的品质，终成"雄峙宇内五百年"的徽州商帮。他们在取衣食于四方的同时，也本着利济天下的情怀，为国家解忧，施惠泽于四方。他们以反哺家乡为己任，捐输故里铺设道路桥梁，设立祠堂学宫，赈济贫困孤寡。当然，水绝非仅仅成就了这里的巨商大贾，明代"开国文臣之首"宋濂就说："士之生其间者，或以气节著，或以道艺名。"戴震18岁从阊江出鄱阳湖，遍访天下名家，终成清代学术史和思想史上的一座高峰。1908年，当时还名为陶文濬的陶行知先生，从古城岩下、水蓝桥边搭乘帆船前往杭州求学。此后的他以"要使全国人民都要有书读"为宏愿，"捧着一颗心来，不带半根草去"的无私奉献精神，毕生致力于推广以平民教育普度众生，力挽国家民族之厄运。光绪甲辰年（1904年）春天，胡适陪着三哥前往上海看病，后又漂洋过海，学成归来后成为高举科学与民主大旗，大力弘扬新文化、新思想、新道德，积极提倡"文学改良"和白话文学，开展波澜壮阔的"新文化运动"的领袖人物。一代代的旷世才俊，推动着时代和社会的发展进程，孕育了博大精深的徽州文化，在中华文明史上放出灿烂的光辉。赵吉士在350年前就下结论道："新安名贤辈出，无论忠臣义士，即闺阁节烈，一邑当大省之半，岂非山峭厉、水清激使之然哉？灵奇秀拔在在而有，黄海白岳其最焉者耳。"

这一方山水,春秋属楚,战国属越,晋始称新安,隋改置歙州,宋宣和三年(1121 年)改名徽州,20 世纪 80 年代改称黄山市。虽名称几经更迭,辖地也略有调整,但所幸这一历史地理区域山水的基本格局依然存在,让人们的无尽乡愁有了些许慰藉和寄托。

崔志强作品

　　崔志强,男,出生于20世纪60年代末,初为教师,后改行从事法律工作。业余爱好读书和写作,文章散见《黄山晨刊》《兰州晨报》《人民法院报》等报刊,曾获若干奖项。

办案札记：离婚案法官的恻隐之心

一起离婚案，本是很普通的民事案件，却让我感慨万千。不是为双方当事人，而是为当事人的子女。

在社会急剧变化的年代，离婚的比例节节攀升。我在法院看多了为离婚而对簿公堂，而唇枪舌剑，而针尖对麦芒。

这起案件的当事人为离婚也打了几场官司，这是第四场。起先女的起诉男的，法院考虑双方的感情以及家庭的特殊，都没有判离。现在男的又起诉女的。真是你方唱罢我登场。

也许双方都被婚姻的风雨飘摇弄得精疲力竭，法庭上少了锋芒，更多的是事实的讲述。在法庭休庭时，女的蓦然拿出一幅画给男的，说这是你女儿画给你的。

画面色彩浓烈，构图单纯，没有脱离小孩子的特点。女的补充说，这是画一个男的带女儿游泳。女儿说好久都没有看到爸爸了，多想爸爸带她游泳。然后翻到画的背面，让男方看女儿写的一行字：献给亲爱的爸爸。

不知男方当时是什么心理感受，反正我心里是酸酸的。男的默无声言，只是看着画。女的收起了画，我们接着开庭。

在开庭结束后调解时，双方谈了一个方案，但没马上定夺，说是回去考虑。在离开时,男方的代理人突然提出:"画呢,拿来看看。"我一时没反应过来,还是女的领会快,拿来先前女儿的画递给代理人。代理人接着递给男的,男的还是默默看着画。女的说,你要收好,不要撕掉。女儿说了,你要撕掉,她再也不画了。

男的看到画,接着又翻到背面,看了那行字,回话说:"我怎么可能撕掉?!"虽然话音很小,但我还是清晰地听到了。

接着听到女方说女儿很想念爸爸时,他眼角的泪再也止不住。我也不禁生出恻隐之心,作为父母,心都是相同的,对子女天生都有一股爱怜。

其实,男女感情不是靠山盟海誓维系的,也不是靠卿卿我我能弥合的,它要经受风雨的洗礼、平淡琐碎日子的冲刷,更多是责任和担当,不只是对对方负责、忠诚、扶助,还要对下一代担起责任来。男女在婚姻中的每一步,都要三思其后果,不能为着一时冲动或者一时快乐,而酿成大错。这不但毁了一个家庭,更重要的是因了你们的缺席,孩子的梦不再完整和圆满!

聆听，法官办案的应有之义

在基层法院待久了，有时我觉得聆听确实是能促进案件比较完满地得到解决，并且比较少地留下后遗症。

聆听有以下好处：一是能促进当事人和法官的接近，构建和谐局面。你静心聆听他的诉说，说明你肯倾听他的意见，他的想法能抵达你的内心，至少是不拒斥的，那么你的分析和见解也易被他接受。这会构成一种很好的互信局面，为以后案件的调处和做工作打下良好基础。二是聆听能知晓当事人的内心想法。有的当事人目的不是打官司，而是为了通过打官司达到其他结果，特别是婚姻家庭纠纷。毕竟有亲情在里面，大家上法庭是迫不得已，但不上法庭有些事情就拖着，无法警醒对方。只有对簿公堂，对方才知晓问题的严重性。故而，聆听让我们找到问题的症结、案件处理的突破口，找到开启的钥匙，案件就迎刃而解。三是聆听可以化解当事人心中的郁结，使憋闷已久的怨气、怒气得到释放。有些人是衡量很久才走进法院的。因为对方对自己根本不予理睬，或者三言两语打发，自己的诸多想法抵达不了对方的心里，怒气自然而生，于是有了这起官司。法官充当听众，让当事人的诸多情绪滔滔不绝地流泻，自然怨气和怒气就会小了，案件的处理难度就会降低。还有,聆听会让我们发现案件的一些细节和本真,这在当事人的陈述和答辩中都不会涉及,只有在无压力和随意的交谈中才会有所透露。法官以此做到心中有数,增加内心确信,也让案件的审理更容易。

聆听可随时随地进行,越是不拘于形式和场合的聆听越可让当事人放松心态,也愿意竹筒倒豆子,让真实的想法倾泻而出。办公室、调解室、法庭休庭时,或者就是路上遇到,都可静心聆听。看似不择地点而做出的聆听,其实反映了法官的一种智慧。聆听就应打开心扉,态度真诚,当事人愿意向你诉说,说明他当时有一肚子想法,及时让其表达,当事人的怨气和怒气就会减少,案件处理起来就会容易。心中疙瘩系久了,小疙瘩就会变成大疙瘩。

除了当事人主动上门倾诉,法官也可主动为之,请当事人前来

面谈,主动打开他的话匣子。有的当事人不愿向第三方倾诉,因为牵涉到一些隐私,或者担心跌面子。这时就要对他们细心引导,使他们打消这些不必要的顾虑。

法官聆听也不应是被动的,只听当事人一方的倾诉,而自己无所作为,这反而无益于案件的处理。如果当事人滔滔不绝地说,法官在一旁不时颔首,这让当事人觉得他说得全在理,法官都首肯,这种现象一定得避免。法官应做有为的聆听,做一个主动的聆听者。聆听时,适时的点拨和打断也是必要的,特别是当事人偏离主题或者认识上有严重的偏差时,法官就应及时刹车,让话题朝着正确的方向和轨道运行。法官的适时点拨,会让当事人有所醒悟,反省自己的认知。

法官通过认真的聆听,进行春风化雨般的解析,会消除当事人的一些误会和郁结,会消除案件的一些后遗症。

美好的结果往往从"心"开始

近期几起案件都调解了,我很得意,心情轻松。不是因为我有多大能耐,或者运气凑巧,而是我掌握一个调解的方法,那就是和当事人贴心交心。和当事人融心,许多事情就少了隔阂和障碍,交流起来就便捷多了,顺畅多了。

就拿新近调解的一起离婚后财产纠纷案来说,离婚本当是冤家的解结,但这对夫妻没有把结解开,也没有协商好财产的分配。离婚后对簿公堂,并且都请了律师,在法庭上唇枪舌剑。

我觉得,如果硬判,对双方都不利,因为不仅牵扯精力,接下来的执行将是一个漫长的过程。而且评估、拍卖要耗费好大一笔钱,这都要落到两个当事人身上,不是冤枉吗?

庭审结束后,我跟当事人细细剖析案件的整个流程,如果不调解或调解不成,接下就是下判,然后生效执行,执行要牵涉到评估和拍卖,这需要不小的费用。同时,也让律师帮着做工作。终于,双方愿意协商。虽然当庭没有达成协议,但都申请法院给予和解的时间。

在和解的一个月时间里,我没有放弃做工作。分别拨电话给双方,询问进度,询问想法,像朋友一样和他们交流,分析双方想法的可能性及差距、实现的途径以及种种利弊。我不厌其烦地聆听他们的想法，取得了他们的信任。

一个月期满后，双方终于达成框架性意见，男方给予女方房屋分割款，虽然数字还有差距，一个是不少于40万，一个是30万。但一个信息令我振奋，就是女方表达不少于40万时，男方没有一口回绝，而是说和律师协商。这说明有可能性。我欣喜，赶紧确定日期当面调解，趁热打铁。

在调解的当天，双方都提早来到，说明都有诚意，都想要把事情解决。我首先组织双方面对面协商，将40万和30万的来龙去脉一笔笔算清，做到心中有数。在知晓双方的想法后，我说："协商就是互谅互让的过程，上次原告说了40万，被告说跟律师协商，现在讲讲协商的结果，让调解有实质性的进展。"

男方考虑了一下说，我可以给她33万。问女方呢，女方坚持要40万，说都是按照男方报的数字一平方米1.8万元算的，现在同地段已卖到2万了。双方又争执起来，言辞激烈，还说到其他事。

如果继续让双方面对面协商，肯定无果而终。我赶紧叫出男方，单做工作："女方确实让步不小，单价是按照最低价算的，所有的债务和装潢款也是按照你的意思扣除的，应该说有相当的诚意。作为一个男人，不能斤斤计较。"

男方沉默了。说明我的话都说到点子上了。男方沉默了一会儿说，37万吧。我算算37万恐怕难以说服原告："按你的37万元做工作，真正不行加1万，38万看能不能？"我见他沉默，询问了他现在的境况，他现在已组织家庭，添了一个儿子，在上幼儿园。我感叹说:"你一个人从小山村到省城打拼,确实付出许多,不容易。现在既然已重新开始,就应该尽早走出过去。1万元算什么,像你很容易挣回来。"男方同意了。

我又去做女方的工作:"40万确实不高,你做了实事求是的让步,但既然到法院,问题总要解决,他能够做让步,不妨你再做出些让步。解决好了,许多后续工作不需要进行,你还可以付首付买一套属于自己的房子。"

她听了我的一番解读,说38万至39万之间。我说就折中一下,38.5万,这个数字我有信心说服男方。果然很快做通了男方的工作,双方顺利签了字。

案件调解下来,我感觉,真心和诚心是能换来当事人的信任和案件的公正结果的。自始至终我都怀着赤诚,和当事人交心谈心,从他们的角度考虑问题、分析问题。虽然我作为法官主持调解,但我没有站在一个局外人的位置,或是高高在上,而是以朋友的口吻和他们交谈,以聆听者的身份倾听他们的诉求,从没感觉厌烦。信任就是在交心中产生的。

"任性"结出的柳暗花明之果

法庭是一个庄重的场合,任何人都不可任性,都须遵循法庭的规则和秩序。可最近我让当事人甚至旁听群众"任性"了一回,使一起错综复杂的案件峰回路转,迎刃而解。

这是一起民间借贷案,看似简单,可一经审理,就觉出案情盘根错节、错综复杂。有借条,有汇款凭证,照讲是铁板钉钉,被告没得说。但仔细一看,借条和汇款凭证时间不吻合,并且汇款在先,提前了3个月,并且借条上也未注明此笔借款就是6月份汇的那笔款子,有点不合乎情理。

果然,被告答辩称,合同尚未成立,其未拿到借款。那笔银行转账的款子他认可,但他认为是投资款,是被告与原告儿子合伙经营车辆的投资款,但没有就合伙提交证据。案子一下陷入僵局。

公说公有理,婆说婆有理,让我也陷入迷雾,这真是一锅粥啊。并且,账号上账户名称还是另外一个人的名字,原告说是被告的丈夫,但没有提供相关证据。被告不予认可。

这下原告也有点着急,慌了手脚,她以为夫妻关系是无须证明的,以为汇的款子就是借款,因为被告之前未按口头约定还款,就让被告补了一张借条。

我虽然相信这笔款子是存在的,但到底是何性质,还是一时难以判明。还好休庭时双方都同意调解,不过被告附了一个条件,是认为在合伙的情况下调解。

只要愿意调解,事情就有解决的希望。

休庭时,憋了一肚子气的原告亲友开始叽里呱啦,表现出对被告的"百般抵赖"行为很恼火。调解应创造一个良好的环境,至少双方应该心平气和,但我制止了几次,他们歇了一会儿还是如此。我想,也许他们肚子里的怨气不倒出来,是无法平复的。于是,我改变了方法,让那些旁听的亲友尽情诉说,陈述事实,顺便发泄牢骚,我在旁默默聆听。

时间在一分一秒过去,我的心里也着急,但我还是静等他们一个一个倾诉完。接着,我适时引导他们回归主题,解决眼前的案件。果然他们倾诉完后,声音不再像开始那样如噼里啪啦地放爆竹,而是静心谈方案,讲出意见和理由。

被告也在他们的倾诉中,认可了部分事实,使事件得以还原。我作为见证者和旁听者,也知晓了案件的本来面目,这是庭审无法达到的效果。其后双方的意见竟能比较接近,并且那个开初"吵"得最凶、声音最爆的原告的姐夫竟很通情达理,该做让步时毫不含糊,并且说也不在乎利息,当初借也不冲着利息,而是为了感情,让人很暖心。在承担诉讼费上,姐夫也是一锤定音,说由原告承担,被告跑一趟路(邻县)都要这么多,只要她按时还款。案件奇迹般地顺利化解。

当他们顺利签完字,我往办公室走的途中,一直在想,恐怕是

让当事人"任性"起了作用。人有怨气总要发泄,当法庭给他机会和平台,他不再心存怨恨。气没了,心里的疙瘩消了,有些问题就能心平气和对待,就能理性思考,并且很能听进给他一吐为快机会的法官的话。案件也就打开了一扇窗,迎来顺利解决的曙光!

审判与茶香

浏览网页，看到"茶香"的字眼，蓦然想到审判。似乎审判与茶香不搭，细思，却觉茶香与审判有诸多相似之处。

首先，它们的地域环境相似。茶生长在野外僻远寂寞之处。在热闹的街市无法种植好茶，只能生长耀眼的花和精致的树。茶树生在高山野壑，风尽情地抚摸，尽情地沐浴阳光雨露，鸟声让它们无限快慰。在如斯环境下生长，茶树窈窕，茶树娇嫩，好像水做的，是巧夺天工之作。审判事业也是寂寞的行业，法官是默默劳作的一群人。精彩绝伦的判决书、振聋发聩的经典案例，都是苦熬了多少个夜晚，耗费了多少埋首阅卷的日子才写就的。没有镁光灯闪耀，也没有鲜花掌声陪伴。如果法官都是侃侃而谈的演说家，如果法官都喜欢抛头露面，审判时就无法做到沉静，许多案件的细节就会被忽略，案件的审判就会粗制滥造。

茶虽属娴静淑女型，但也经过烈火和重生。在烘焙、杀青中，娴静的茶叶如坚韧小子，尽管铁锅和烈火反复炙烤它的身体，甚而一身青绿都退去，但不失本性，茶香开始溢出，脱胎换骨，浴火重生。审判也不是风平浪静，也经过激烈的冲突对抗，然后显出和谐的平静。开庭时的唇枪舌剑、激烈交锋，就是火的燃烧、岩浆的蒸腾,当的一声法槌敲下,一切归于平静。审判充当中流砥柱的角色,收纳一切对抗和烽烟,如定海神针。

茶香丝丝缕缕,但人们感受茶叶往往通过茶水。茶叶在冲泡之初浮于水面,最后慢慢沉于杯底,甘居人后,甘于奉献。审判也是如此,在庄严宣判的一刻,法官正襟危坐,推于镜头前,但更多是不为人知的后台工作。社会安定,国家长治久安,法官奉献了多少力?法官宛如清洁工,默默清扫黑夜堆下的垃圾,留一个灿烂清爽的清晨给人们,然后退居幕后。

法官的审判事业也如茶香,散发着独特芬芳。

不妨站在当事人角度

在法院常见当事人唇枪舌剑,喋喋不休,法官有时都制止不了。我有时不理解,法院是说理的地方,你拿出证据,在法律上站得住脚,就可赢得官司,否则一切都是空谈,可有时当事人还是自说自话。

但我忽然想开,理解了当事人的所作所为。一旦站在当事人角度考虑问题,就不再是冷眼旁观,而是带着当事人的思维和感受,并且觉得他们的某些言行就是自然而发,就是可接受的,就不是令人生厌的。

打官司现在虽普遍,但对于某些家庭某些人可能是人生头一遭,突然接到法院传票当被告,心里还是一下接受不了。传统心理认为做被告就是理屈,做了亏心事,见不得人,反应激烈在所难免。还有在法庭陈述答辩时,对方突然抛出在他们看来无中生有的事,他们立刻火冒三丈,激烈辩驳,有时情绪失控,听不得他人劝阻。还有在调解时,对方给出的赔偿数额太低甚至他们认为低得离谱,都可能引起情绪上的波动,诸如此类引起当事人情绪大幅波动的场合很多。

面对这种局面,如果单纯从平息事态的角度出发,简单制止或

是说些法律条文,其实效果并不佳。因为当事人对法律条文并不陌生,知道一些规定,并且你的简单制止没有顾及他们的感受,没能让他们的感情有一个缓冲空间。直通通地让他们的感情降温,有时会适得其反。虽然暂时凭借法庭的权威让事态平息,但当事人心里的疙瘩没有解开,后遗症就此埋下。一旦有郁结,事情就有尾巴,就有随时爆发的可能,并且有时事事反着来。

其实问题的症结是你没有理解他们。理解并不难,就是通常说的设身处地。站在当事人角度和位置,你有时就会得出与先前不一样的结论,解决问题的方法和路径就会不一样。至少不是三言两语或是冷冰冰、硬邦邦的态度,而是感同身受、和颜悦色、深入细致,彻底消除其心中疑云。一旦当事人心无疑窦,问题的根也就拔除了。

这时你需要耐心和热心，甚至苦口婆心。只有耐心和真诚，才能打开对方心扉，也才能进行深层次的情感交流。法官要做当事人的贴心人、知心人。只有心灵彼此接近、相通，才能找到解决问题的金钥匙。心锁一旦打开，当事人心中的所有疙瘩、不平就能消解。

站在当事人角度看问题，有些事就不会令人闹心和烦心，就有解决问题的正确路径。

那些柔弱和良善,应得到法律人的关注

正在办公室忙乎,突然电话铃响,接听,是门卫,说有个女当事人找我。我急忙下去接她上来。

是我熟悉的一个当事人,面貌没变,还是很朴素,说话轻声细语。她说,他没给,打电话又关机,请求法院强制执行。我看见履行最后期限是 2016 年 12 月 31 日。

那个人是她的前夫。眼前这个女人是那么痴心地爱他,即使他因打架被判刑坐牢,仍不离不弃等他回来。她为他筹集资金做生意,不仅给了自己打工所有的收入,还向父母亲戚借钱给他用,希望他重新做人。可他不仅将她的钱花个干净,还移情别恋,在外面另养一室。事发后,她给他机会,原谅了他,但他浪子不回头,并且起诉离婚。

在法庭上,女的声泪俱下,她的父亲也痛心疾首。但那个男的好像无所谓,对妻子的控诉无动于衷。

遇到这种案件,我直叹这女的太傻了,错用了情。

我想这段婚姻是保不住了,唯有解除才能让女的远离噩梦和畸形的爱。女的听从了我的劝告,但又哭诉:"我问家里亲人借了许多钱怎么办?"一笔笔算,并讲了来龙去脉,但男的一概否认。

女人出示的证据都是她的银行卡记录和自己签名书写的借条,男的没留一点痕迹。男的情况我通过庭审知道,先是无所事事,东游西逛,后打架坐牢没有收入。出狱后租房做生意,钱从何而来?十有八九是妻子资助的。但男的始终丝毫不念旧情,不想承担任何责任。

我相信女人的话,但法律讲究证据,且证据要形成锁链,但男的恰恰不在锁链的一环,巧妙地"金蝉脱壳"。我很同情女方,但法律是不能用同情代替和诠释的。

我想让案件能完美结案,使女的不致受伤过深,情财两失。我决定设法调解。

我做男方工作。我说:"男人都应该有担当,对女人的付出应该铭记在心,而不是转身抛诸脑后。女的对你这么好,你蹲监几年,她一直候着你,并且拿出自己的积蓄扶助你,你是身在福中不知福。"

男的默不声言,看来有所触动。我又说:"你不给她补偿,你心里也过意不去。那些钱尽管是用在你们身上,但毕竟是为你而借,她凭着自身劳动,生活是不须举债的。如果你撒手不管,她一个弱女子能负担得起吗?人家也会笑话你,你走到哪儿,都会被人戳着脊梁骨。再者,你们也是多年夫妻。常言说,一日夫妻百日恩,何况这么多年风雨相伴。"

"你到底外面有没有女人,你心里清楚。"末了,我重重掷下这一句。

男的终于被说动,开始直面现实,回归良心。他说,现在没有钱。我马上趁热打铁，说这都可以商量。然后我又让他们面对面商量，最终双方在钱的数额及给付期限上达成了协议。

两人在笔录上签完字，我知道自己身为法官，为这个较弱势的女当事人争取了一些利益。她临走时一个劲地说谢谢，我欣慰地笑了。

如今，她拿着执行申请书来，我很惊讶，也很同情。惊讶的是，男的没有兑现承诺，并且玩失踪；同情的是，女的至今没有拿到钱，那都是她自己和家里人的血汗钱。

我立马搁下手头所有的工作，填写移送执行表，然后找分管院长签字。分管院长不在，我就和颜悦色对她说："你先回去，其他手续我来办。"

　　她走后,我又上楼找了几趟分管院长,终于如愿签字。我立马让书记员拿到立案庭登记,想让执行程序第一时间运转起来。

　　虽然我做的都是微不足道的工作,但弱者、良善者应该会为些感受到一丝司法阳光的温暖。法律的宗旨就是匡扶正义、扶助善弱,我没有逾越法律和违背法官的职业操守,我践行着法官的职责。那些柔弱和良善者,是我永远关注的角落!

海南拾零

第一次坐飞机

听说这次海南旅游是双飞,心情雀跃,因为我此前从未坐过飞机。我仔细倾听旅行社的人讲解了上飞机须知,深深记住禁带物品,和爱人也再三讲,生怕机场出问题,尴尬,旅程泡汤。

坐在行驶在高速的大巴上,心惦记着上飞机的事,有一种忐忑。终于抵达南京禄口机场,紧步跟随导游,生怕落下。偌大的大厅人声嗡嗡,我们在导游指定的一角静等,不敢随便走动,尽管大家都很想逛逛这个现代的机场。终于导游让我们托运行李,呼啦啦三大包,我肩背手拎,依序站在队伍里。导游说这个小包可放进大包里,我生怕个人托运有限制,依言赶紧手忙脚乱地将小包里的物品塞到大包里,并且用红塑料带系住两个包,哪知安检时不允许,又解开绳带。终于包无声隐于安检门帘后,我轻舒一口气。登机时间到了,一长溜的队伍一个一个进行,轮到我,我带着小跑过去。安检员让我拿出口袋中的所有物品,我将几张餐巾纸都放在纸盒里,脱下西服,扫描仪在我身前身后仔细过了一遍,我如愿以偿通过。在候机大厅逗留了将近一个小时，但我不无聊，我贴着玻璃看到了飞机，那庞然大物亲切、美丽地呈现在我眼前，在我眼前优美地降落或昂然起飞，我拿出相机一个劲地拍摄，让暂时成为永恒。盼望已久的时刻终于到了，我们开始上机场专用客运车。三四分钟的路程，我们来到飞机前，大家蜂拥而出。进入机舱，我眼睛扫视了一下，有点失望，机舱不是通常电视上、印象里那种豁然敞亮的感觉，而是显得有点狭小，四排座位分两边窄窄、拥挤地延伸过去。不过座位倒是干净，坐着舒坦。当机舱关闭，空姐甜美的声音飘来："飞机即将起飞，请各位系好安全带……"我的心情兴奋异常。第一次系这个物件还不知怎么弄，忙乎了半天，好在有空姐仔细的示范动作，并且有求必应，有问必答。机器轰鸣，机身微颤，缓缓移动，加速，猛然机头拉升，飞离地面，大地远去，山河远去，白云急速飘来。我眼贴窗子，一刻不眨地捕捉着这一切。我问身边乘过机的同仁，飞机一般高度多少，他说8000至1万米。我心里不禁咯噔一下，生出一种敬意。飞机开始穿越云层，它勇敢地刺破云层，如孤独的精灵。黑色的或浓或淡的云前仆后继地汹涌，蓦然一片阳光打在机身，飞机凌驾云层之上。头上是纯蓝，没有风的撕扯和鸟雀的剪影，那么静默阔远的蓝笼覆着天空；下面是雪原，那么厚实洁白的铺盖，云层终展现温柔的一面。在蓝与白交会处，整齐的一线，宛如海浪的相激、潮汐的定格。阳光无所不在，在白与蓝间温暖舞蹈，让眼前充满天堂的味道。机身大多时候平稳，不看窗外的白云退去，你感觉不到飞机的飞行。有时也抖动一下，很短。不过中途一片乌云持续波涌而来，机翼抖动的幅度有些大，让我心生不妙想法,脑际闪过平时接触过的飞机失事事件。好在担心都是多余,在风平浪静的 2 小时飞行后,空姐柔美的声音再次响起:"再过 20 分钟,我们的飞机就要抵达海口美兰国际机场……"我的心情一片绚烂。

热浪,椰子

听说海南温度很高,我带了几件夏天的服装,并且上飞机时只穿了一条裤子。还没到海南的陆地,热浪就开始和我打照面,两件薄毛线衣先后在飞机上褪去。一下飞机,阳光就裹着热度拥吻我。拎着行李,走出大厅,同行人都言吃不消,纷纷翻找夏装,现场置换。从江南羽绒服尚裹在身的春寒料峭中一下莅临简衫薄裙的火热境地里,大家有些缓不过神。坐在车上,看见窗外都是短袖短裤,都是太阳伞、墨镜,融身其间,感觉夏天的卷轴已打开,这是海南的天空。

一步出候机楼,绿色的庞大的椰树就摇曳无数风情,给我们一片欣喜,润一份清凉。椰树伴着我们的车一路和我凝眸相对。干是浑圆的,没有虬枝突节,呈憨厚状。一圈一圈的皱褶爬满身,波浪样,错落而有韵致,适合人攀缘,很低调、亲和。树顶长满叶子,呈羽毛状,一簇一蓬,如烟花灿然绽放,每一枚叶子就是一面伸展的旗。椰树何以在这铺天盖地的海风中岿然不动,就是因了这形态,风过而无恙,像鸟穿越所有的风雨。接下来品尝椰果,导游说要买 30 岁的,青了不行,老了也不好。虽不知所以然,鹦鹉学舌,叫老板来一只 30 岁的。爱人说先买一只,尝尝再讲。我心里不认同,火热天空下,一只何以解渴?椰子很便宜,5 元一只。砍刀斩去一头的一些皮,插了两根塑料管,深深吮了起来,微凉,味淡,比平时喝的椰子汁味道要薄一些。开始迫不及待,你一口我一口,没有歇息,后新鲜感渐过,肚腹渐饱,就捧着这个圆溜溜的绿物四处转悠。老婆不愿再喝,我想扔掉它,老婆说不能浪费,我只好一口气将所有的汁液吸到我的肚里。真看不出,这小小的圆肚皮装着大乾坤,也算是"隐君子"。其实喝完汁还可剖开,椰肉黏附在坚固的皮上,需用刀刮下,白白的、嫩嫩的。第二日,我试尝了一口椰肉,咕吱咕吱勉强吃下,它的寡淡味道实不合我的喜浓嗜辣之胃。

圆头圆脑的椰果蹲在树上,我走在树下很担心,不知会不会砸中我的脑袋。车水马龙中,人们低头走路,悠然驾着车,没有谁惊悚抬起头。导游的话语解开了其中的奥秘,她说椰果的根蒂很粗、结实,风是没奈何的,更别说自然掉落。他幽默了一句,椰子只砸坏人。大家开怀而笑。

在接下的几日行程中,椰树一直和我们形影不离,使海南美丽、诱人,使我们的视野充实、生动。确实,如去掉椰树的装饰,海南的魅力恐怕要大打折扣,别具风味的椰子使海南独享这人间美食。椰子虽没有浓烈的甜味,但它的汁水营养、暖胃,椰子汁饮料、椰奶、椰子糕点都由此出,全身是宝。海南人因常食用它,而在强烈的紫外线中、在台风的时时侵袭下保持强健的体魄、昂扬的工作状态。

亲近海

乘坐游轮,导游说这是海南的母亲河——万泉河。可我眼望窗外,除了水阔大外,没什么特别,并且水还混沌不清,泛黄,无法和我们的太平湖相比。沿河的别墅说是某某有名国际会议贵宾下榻之所,我心里有些不以为然。导游说前面的海滩是玉带滩,你们将看到海。真的,看到海?我心里疑惑。投眼一望,只一线沙滩抹在远处。下了游轮,我疾步跑过去,渐行渐近,海真的露出了真容。顾不得导游说在此集合,我脱下鞋子,就跑下沙滩,来到海的身边。海浪一波一波地打过来,绿色的水积攒着劲、蓄积着热情亲吻着沙滩,抚爱着给它怀抱的陆地。海波不息,它真的没有停止歌吟的时候,前面的潮水还没退去,后面的接踵而至,欢乐的浪花交融在一块。浪花是白色的,透亮、纯净,如梨花缤纷,又似一地的碎银。我们这些山里人从没见过海,蓦然临此境,兴奋不言说,纷纷把脚浸在海里,做着各种姿势,让数码相机留下我们的欢乐姿影。可照相也不易,等你摆好姿势,调好角度,一波海水猝然而至,你仓皇而逃,相没照成,裤脚还淋个精湿,有些狼狈而真实的镜头就此抢拍下,事后供你回味、怀想很久。大多人不敢下到更深处,只在海岸的近处疯闹,童真洒满海面。疯够了,我一屁股坐在沙滩上,观海。那浩渺的海面与天相接,阔大与阔大相会,宛如两个巨人的握手。不语间,分明有语言的澎湃、胸襟的千山万壑起伏。海波远处是平静的,看不到它的相击相涌,摩托艇驶过,忽上忽下,才见出它的不平静。没有风帆点缀,只有两块巨大的礁石耸出海面,日夜厮守相望。那礁石在海面上只是两枚小小的黑点,但我想它的形体肯定庞然,能不被海抹去的东西都是恒久的、庞然的。在海的面前,我不敢发一语。在很久以前,这里应该不是汪洋恣肆的水,可一旦海蹲居于此,人类就退出这片天地,诵吟它,崇拜它,以在此驰骋为耀。海还在扬洒浪花,可我要走了,恋恋不舍。因为这是不是游泳区,不然我是非要融于其间不可。

不过在亚龙湾我终于和海相拥相吻。海涛一波波地涌过来,我偏要迎浪头而上,很爽快、刺激。但小小的肉身凡体是无法与自然巨子抗衡的,有时彻底将我按在潮头下,不等我反应,一股咸涩的海水灌进我的嘴里。那么清冽、绿莹莹的尤物,吞进肚里却是难咽的口味,让我有些淡淡失望。但我还是喜欢它,在海水里久久浸沐,做着仆倒、后仰、拥抱、漂浮的姿势,和爱人欢快地击着水。海里的人真多,笑靥绽在每一个人的脸上。有些垂髫小孩也无悸怕地和海浪搏击,浪潮来了,纹丝不动,水淹过腰腹,其父母惊叫过来,他嘿嘿直笑。都是在浅海区游乐,且拉有绳索,若在深海,还能这么欢呼吗?我想起海难中的幸存者,他们是怎样拼力与茫茫海涛搏斗的,由此生出一丝悸怕和一种感佩。

海使我欢乐,更使我悟出一些哲理,让我真切地感受一些关于大海的语句。别了,大海。但你的海涛和不息的声音会留在我记忆里。

潜 海

到海南之前就计划到海里畅游一番。我毫不犹豫地在亚龙湾的环海潜水公司报了名,尽管价格不菲,堡礁游,每人 380 元,和爱人两人就是 760 元。讲解员先介绍了几幅潜海图幅,无非是潜海的奇妙,可观到的风景。我心怦然,更增加了急切。领了潜海服,紧绷绷、湿漉漉的,穿在身上极不舒服,想调换干的,没有。解释等一会下海仍会弄湿的,想想也是的,不再坚持。其实这套服装只是阻隔海水和你直接接触,海水还是可从颈、脚部渗透进来,并不严实。坐在长条木椅上,大家细心聆听潜海前的培训。要用嘴呼吸,耳膜压力大、难受,可捏下鼻子。不能发声,表达借助手势,大拇指代表方向,翘起为向上,左右为前进和后退,危险时就五指摆动。我们牢记注意事项后,一帮人上了一艘快艇驶向浩渺的大海。

其实离海也不远,千米左右,水上平台是一座简易的木屋,搭建在海上。首先每人系上一根腰带,不锈钢的,不起眼,却很沉,立身都费劲。依序下水,我是最后。看到他们下海后很长时间都漂浮在海上,心里很纳闷,怎么不潜下去,尽早享受圆梦的感觉。等我下水,才知潜入蔚蓝的世界并不易。脚触水的刹那间有一股钻心的凉。穿上系有氧气瓶的潜水衣,和电视里观到的一样,戴上特制的大大的透明眼镜,呼吸器挂在嘴上。身往后仰,又一阵传遍全身的冷凉。天在上,我在海上,天高海阔,我是漂游的一粟。教练牵着我的手,到潜海的区域,他让我试着将头浸入水中适应一下。我很紧张,头还没完全埋进,就急遽抬起,呼吸憋气,海水趁机灌入。"慢慢来,嘴咬成 O 形。"教练循循善诱。我试了几次,终于身没入海。海的美丽,全摄入眼眸。清莹莹的,好像是家乡的河水,一样的清澈,一样的润眸。迷人的珊瑚礁就静静伫立在眼前,玉树临风,很想在其上栖息一下,轻抚它。但不敢,导游说此物很坚硬,有一名游客曾用手触摸,在海里感觉不到疼,等回到宾馆洗浴时攫心地疼痛,劝我们不要轻易抚摸它。各种热带鱼儿悠然从身旁经过,扁身的,花色的,独只,成群,真想抓一条,可近在眼前的物事任你怎样努力就是无法捉到。它们也不惊慌,仍在你周围逍遥,逗引你。潜在海里,仿佛海外的世界全然遗忘,你是自由的,海阔任你游。这些无声的家伙全是你的快乐之源。这是一个和平的世界,一处缤纷灿烂的所在。你不用费力,就可到达任意之所,没有红绿灯,也无摩肩接踵的拥挤。静弥漫每一处,我用手势和教练交流,默契,和谐,很有趣。我真想拥有这个世界。

潜水归来,我们几个人留了张影,蓝黑带红绿条纹的潜水服穿在身上很干练,平时臃肿的形态不见了,宛如几个青春洋溢的小子,伸出大拇指的,做出胜利 V 形的,举着从海里带来的海草,兴奋溢于言表。

九寨沟三韵

一、水

那是人间的水吗？我疑惑。

我没到过天庭，但我见过的人间景象并不似此。没有浓黑的烟袅绕天空，也无张扬的尖利车啸塞满我的耳膜，有的只是静，无边无沿的静覆盖这方水土，这个水滋润的世界。水天生丽质，水清似芙蓉。你说那浓妆艳抹，不适合此，你说规整雅丽，也见不到踪影，有的只是自然的弥漫，自然的轻抹淡描。枯倒的树干横亘于水底，树的枝丫清晰。有的又枯木逢春，露出水面的一截悄绽绿丛，如水面上的花。你不需要探测水的深度，一目了然，水底的景致如流动的画。水一例呈现蓝和绿两种色泽，和蓝天、绿树吻合，如此和谐。

我走近水，如莅临圣人的脚前，不敢高声语，生怕打破圣人的凝思，成了一个莽莽撞撞的罪人。水是伊人，这里的水是我不敢企及的伊人。她具天仙的容貌，具人间没有的冰清玉洁，不需要多少词汇赞美，看她一眼就可将你的五脏六腑洗濯得干干净净，再不生尘想,再没有其他复杂的想法。

春树的翠碧、秋枫的红艳、芦苇的洁白、山色的青黛,好像是水边的旖旎景物,色彩烂漫。可我总感觉这些色彩全是在为水作嫁衣,在水边照耀自己,将水扮得色彩斑斓。九寨沟的水是油画中的水。

瑶池、诺日朗、孔雀海、盆景滩、天鹅海、五彩神仙池……够了,这些诗意的名字适合在这里安家落户,适合将那音律的美流淌在这里,让名和水齐飞。

不需要更多的水滋润情思,也无须水来濯洗我带着人间尘土的手和脚,我坐在这里没有了其他的想法,身心皆净。

九寨归来不看水。

二、树木

九寨沟的树木是一位色彩调配师,在这里色彩找到了用武之地。

红的如火,绿的似春,黄的赛菊,白的像雪,但又不泾渭分明,常杂糅在一起,仿佛色彩的交响。冬雪常和春芽并肩妩媚。

没有高大直插云天的树木做轩昂的支撑,也无珍贵的名木做气度不凡的点缀,有的只是不知名姓的杂木,矮小如灌木丛的树林。可这芸芸众生样的树木将一帧美景悬挂在人间,将人类的油画铺展在大地上,没有着意的痕迹,可又分明是惊世巨作,是叹为观止的人间绝品。

浓墨重彩,那么一大坨一大坨地涂染,用色够疯狂了,可又感觉不到杂乱。有的只是宁静,浓重的宁静,让你屏住呼吸,凝目、遐思。

我如果想让自己燃烧,就走进这片林,寻找久远的想法(在现实中找不到),构思一则美丽的童谣。这片林适合浪漫怀想,那摇曳的芦苇滩,分明是童年的场景再现;那深橙的黄栌、金黄的桦叶、殷红的野果围就的野地,分明是记忆中的遥远村庄景象;那林地积满的厚厚苔藓和散落的鸟兽翎毛,还依然粘在脚丫……童话的画幅在静静展开,中年人堕入奇思妙想。

层林尽染、红叶迎秋、桦林吐艳、彩林印海……这都是九寨沟树木的作品,是树木在人间留下的闪亮诗行。

如果说九寨沟是一处舞台,那么树木就是那灯光师,是色彩调配师,是不可或缺的背景。

三、瀑布

在这山沟沟里,还有那如练的瀑布。

瀑布不是小幅的景,而是伟岸的宏构,在天地间扯开阵势,在这天地间弹响洁白的交响。

有的一字排开,宛如雁阵;有的山重水复,仿如几重唱;有的隐于林,含羞带涩;有的大胆袒露胴体,奔放恣肆……瀑布将人间情景述尽。

我无法探究这生息九座村寨的山沟何以藏龙卧虎,数十条瀑布齐声喧响,如花绽放。简直是瀑布的世界、瀑布的王国。因了水,九寨沟气度不凡;因了瀑布,九寨沟飞扬灵动。

茂密的树林做它的饰带,庞然的山岩做它的跳台,不需要下自成蹊,只在这独成一统的世界里将水飞扬。没有惊叹和喧哗,满山里只有它的喧响。

几世的积聚,几多的跌宕,才有如今这么丰沛的气势,才将九寨沟滋润得这么山高水长。阒寂,拒绝人烟的侵入;冰碛,拒绝工业的呼吸。瀑布应运而生。

山青、水绿、瀑布白,九寨沟是一个神奇的地方!

桃花潭掠影

桃花潭位于安徽泾县。听说到桃花潭，我心里揣满喜悦。山弯路绕中，减了劳顿，终于抵达桃花潭。看到"桃花潭风景区"几个鲜红大字，我的心突突如撞小鹿，迫不及待钻出车。嘿，举眼一色的古朴陈旧、矮矮的平房，弥漫出一种淡远的古意。举步走在古屋中，走在曲折又幽深的巷子中，大鹅卵石铺路，硌脚，但舒坦。眼睛时不时瞄向左右，因为古物扑面而来，什么字画、铜狮、雕龙画凤的桌椅诱惑着你的眼球。尽管行程紧，我还是按捺不住迈进一家店铺，先是浏览了一番大厅的宝剑、铜钱等古物，后溜到左首的一间门面围绕一架古琴细看。同事出于好奇敲起了古琴，然后惊诧，悦耳的如同天籁的琴声和她惊叹的声音很快让我挪移过脚步。真的，古琴的声音如洗过一样，清纯、干净，如冬日明丽的阳光。老板给我们介绍古琴是由灵璧石做的。我惊叹，看着那普普通通的几块石，长形的、瘦窄的，依次短下去，挨个铺排开来，但声音就是奇妙，高低音截然不同。老板嫌我们敲得太轻了，我们是怕折断其琴杆，毁坏其琴石。但既然她说了，就稍稍用力，嘿，琴声立刻清亮起来，如鸟掠过眼前。有一刹那我生出立刻抱走古琴的想法，尽管我不是音乐人，爱好者都够不上。

一家家居屋,倚在巷道两侧,就是一个个古物展示厅,居家、行商两不误,让我目不暇接。我们只是眼观,风翻书页般,再没进过一个店,但眼睛很受用,心里充实。也许藏古纳远之地,连脚下的石头都是宝。这是真的。一个同事蓦然驻脚,瞧着一块黄黄的石头,用手拂去尘埃。我细看,还真有花纹,宛如字,又似人像。

走走停停,终于看到一个拱形门,带路的人说桃花潭到了。我不觉加快了脚步。桃花潭是这次行程的终极目标。为一睹它的芳容,我们穿山越岭,舟车劳顿。疾步下阶,一汪静幽的水躺在面前,好似一个没有睡醒的美人,还沉睡在李白的诗情中,沉醉在汪伦的踏岸歌声里。我的心情立刻一片舒爽,因为这里静远,树木葱翠,世间的烦嚣真正远离。没有通常景区的人来人往,水面一片空阔,近岸只一个妇人带着一个小孩倚靠在河岸公园的长椅上,静静望着河面。岸畔有一只游艇兀自摇曳。我俯身弯腰掬了一捧水,触水的瞬间,一股沁凉侵入肌肤,验证了带路人的说法。在车上他就说,桃花潭的水很凉,我没在意。没承想真是。何故?他说这是陈村大坝的下游,坝底的水涌聚于此,当然凉意浸骨。我一想极是。举目对岸是万村,在丛山茂林中,宛若一幅水墨画。因为万村,李白不辞万里舟车劳顿来此。汪伦称此地十里桃花、万家酒店,比京城还繁华,李白没有犹豫就起程。汪伦是在万村的酒铺接待衣袂飘飘的李白的。

时间很快,尽管眼眸还在贪婪摄取景色,脚步还想停留,惊叹还在继续,但必须返程了。

凌菊飞作品

凌菊飞，女，出生于20世纪60年代初，先后任代课教师、公证员，现在黄山区人民法院工作。喜欢运动，喜欢读具有真情实感的作品，偶尔写写感触较深的事。文章偶见于《太平湖文艺》《黄山晨刊》等。

重游少年路

岁月如梭,光阴似箭,一眨眼我高中毕业30年了。我早有一个愿望,甚至梦过几回——约几位少年时代的同学,一起重游我们当年上学时走过的山路。初春时节,我们一行六人在一个周六踏上了茶乡山林沟壑之途,饱览了乡野迷人的春光。

沿着一条新修的水泥路,我们走进了一个山村。村里房屋与道路的变化,使得我们只能从回忆中寻找当年的印象了,只有那条淙淙流淌的小溪,似乎在说:"久违了,当年的小伙伴们!"很快,我们就到了山口小径,上坡时我们边走边相互询问,那些年踏过的石板路呢?这条路怎么窄了许多?曾听说有人骑过自行车呢?……不一会儿就登上山岗。这道山岗因路径较长被人称为"长龙岗"。山岗似乎没有过去那么高了,兴许是孩提时代我们见人见物时多半仰视的缘故吧,那时候我们总觉得大人们好高好高,陡峭的山岭高不可攀。尽管路不易行走,有的地段甚至面目全非,但山野的空气非常清新,夹杂着淡淡的野花芳香。小路两边是郁郁葱葱的茶园,一簇簇茶树抽出了嫩绿的梢叶,在山风的吹拂下摇曳生姿。斑斓绚丽的蝴蝶在茶树间翩翩起舞,红色、紫红色的杜鹃花点缀在茶园四周。春色在茶园外的树林里伸展开来,漫山的树叶披上了淡淡的草绿,形形色色不知名的花草竞相开放。美丽的长尾雉没等我们调好相机就仓促地扑腾起来,向别处飞去。

　　伫立山岗,眺望远处,山岗下平地里的一排土屋呢? 那是当年被我们称为"大哥大姐"的下乡和回乡知识青年战天斗地的生活场所。虽然如今已被新的茶地取代,但他们的劳动成果——开垦出的一片片梯级茶园,还是把我们的思绪带到了那火红、真挚而又迷茫的年代……

　　印象中,山岗另一头的下坡路是由许许多多长石条逐级砌成的,而今石条已消失得无影无踪,是不是早成了家家户户新建房屋的奠基石了? 下了山岗,一条清澈的小溪在眼前流过。多年无人行,昔日的小石桥不见了,需绕道才能通行。河沟好像浅了很多,远处的溪水呈任意状流淌。溪水回旋处是一湾湾小水坑,水清亮透明,坑底的卵石细沙、残枝落叶清晰可见。几只蚊虫在水面轻轻滑行,漾起微微涟漪,数不清的蝌蚪在水中自由自在地嬉戏。溪流边挺立着几棵不知名的大树,轻纱般的彩色叶片在微风中摆动,似乎在欢迎我们这些远道而来的客人。

翻过另一道小山岗,我们拨开小径两旁的树枝往树林深处走去。当初这里的路通畅易行,后来由于长期无人行走,此时已找不到原来熟悉的小道了。钻出树林,我们来到一个名叫"西风庵"的谷地。小时候听大人们说,这里曾有一座气势恢宏、藏物颇丰的庵庙,庙会期间来自各地的香客络绎不绝,甚为热闹。"文革"时这座庵庙被拆毁殆尽,如今除了打柴的村民路过之外,四周已是悄然无声,只有山涧里淙淙流淌着的溪水,给这寂静的山谷增添些许生气。目睹此景,心里不免生出一丝淡淡的忧伤,可转念一想:有静有动、动静结合,有旧有新、新旧交替,人世间不就是这样吗?

穿过谷地,越过一座小山坡,眼前顿时开朗,一大片黄灿灿的油菜地如一匹匹淡黄色的锦缎铺在田野之上。我们脚踏青青的乡间田埂,深嗅着醉人的油菜花香,到达了目的地——一个小山村,抚育我们成长的故乡。

返回的路上遇见一位林场场长,寒暄间才知他承包了刚才我们穿过的那片谷地,种上了柳树、桃树等,他此次是来巡山的。哦,原来山谷中成片的柳树林是这么回事。此刻我想:过几年这里又将是一幅怎样郁郁葱葱的景象呢?

再见了,我魂牵梦绕的少年之路,我们一定会再来!

当又一个父亲节来临

写下这个标题,我的眼泪又一次涌出。父亲离开我们一年多了,无数次提笔想倾诉思念之情,却都因为不能自已而作罢……

2009年6月21日,弟弟们忙,我一人陪父亲过父亲节。不擅饮酒的我陪父亲喝了一小杯,他兴致很高,说了许多话。没想到十几天后,一向精神矍铄的父亲因突发心脏病轰然倒下,走得太匆忙,以致未留下片言只语!那一刻仿佛天塌了一般,我悲痛欲绝!

父亲走了,但他平平凡凡的一生,却时时处处影响着我,激励我踏实、认真地走在人生的道路上。

一、清贫而快乐的青少年时代

我家祖居皖南歙县农村,家境清贫,爷爷奶奶共生育六个子女,贫穷和疾病夺去了五个孩子的生命,仅留下父亲一人,父亲自然成了家中的宝贝。虽然家境不好,但爷爷奶奶依然省吃俭用送父亲就学。父亲聪明,又很勤奋,15岁时考上徽州师范学校,离开父母去县城读书。听奶奶说,在徽师三年里,父亲不仅学业很好,而且琴棋书画样样都学得有模有样。毕业后父亲被分配到石台县一所乡村学校任教。当时父亲是村里为数极少的考出来的"公家人"，他的就业为爷爷奶奶脸上增光不少。从此父亲开始了单枪匹马在他乡工作的生涯。

二、多彩的中年

父亲多才多艺，又勤勉敬业，很快就崭露头角。20世纪50年代的那些岁月里，父亲因工作出色得到上级教育部门的赏识，常常在一所学校工作不久就被调往另一所学校担任领导工作，他的角色在当时既是校长又是老师。60年代，他从石台县调至黄山区（原太平县）后，先后在小学、中学任教师、副校长、校长。那时他工作繁忙，每年只有寒暑假才能回去看望爷爷奶奶。后来有了妈妈和我们姐弟三人，为了让我们姐弟接受相对较好的教育，我们先后跟随父亲来到太平。初到太平时，我只有十来岁，洗衣、做饭、缝被子这些生活小事都不会，父亲常常一边忙于学校工作，一边既当爸又当妈，教我洗衣服的要领，怎样缝被子，怎样生炉子、做饭。记得那时没什么公务接待，每当有领导来学校检查或兄弟学校有人来访，作为一校之长的父亲总是让我帮着生炉子，自己就在房间走道上烧几个菜接待来人。他闲暇时写写毛笔字、画上几笔或在河边钓鱼，既改善伙食，又陶冶情操。现在想来，我的许多习惯，如早睡早起、养花、写毛笔字都源于父亲的影响和教诲。

父亲最有成就的是他治校有方。在我跟随他的十几年里，父亲始终以校为家，特别注重抓教学质量和学校安全。由于一直住

在学校,父亲早上会站在入口处注视学生们入校,晚上休息前也一定与值班老师一起挨个检查寝室是否熄灯。夏天的中午,为防止学生下河游泳出事故,父亲常牺牲午睡时间去查看有没有学生私自下河,至今我还依稀记得偷着下河游泳的学生被父亲逮到罚站的情景。不过父亲的育人原则不是一味地严加防范,他在处罚的同时,倡导和鼓励老师们在课余时间组织学生下到河里学习游泳,有时他自己也与师生们一起下河实践。由于管理得法,在父亲任职的十几年里,虽然学校位于大河、水渠边,但从未发生过学生溺水事件。在教学管理上,父亲也有一套完整独到的办法,由于自己身体力行,老师们齐心协力,当时三口中学曾创下十几年来中考成绩一直在全区名列前茅的佳绩。父亲就是这样在自己平凡的岗位上兢兢业业地工作,直到现在还受到称赞。在父亲的追悼会上,他生前工作过的单位的同事送给他一副挽联："捧着一颗心来，不带半根草去。"是啊！父亲一生生活清贫，为人正直，把毕生的精力奉献给他挚爱的教育事业。他是我们子女的表率，我为有这样的父亲而骄傲！

三、丰富的晚年

"满目青山夕照明。"我们家一共三个子女，母亲早年病逝，父亲带着我们度过了许多艰难的岁月，却从未说过苦叫过累。退休以后，他精神乐观，生活过得简单充实。记得在与退下来的同事们谈到"人走茶凉"的话题时，他的认识颇与众不同。他是这样说的："人走了，茶应该凉，不凉就不符合自然规律了。"他认为老年人应该正确对待任职时的"喧闹"和退休后的"冷清"。其实冷清"对我们有利——有利于我们冷静地回顾过去、展望未来"，冷清"还有利于我们的身心健康"。退休后好多年的春节，左邻右舍的春联都是父亲写的，不仅所写隶书、行书字体隽秀有力，而且还能根据各家情况写出不同内容的对联。父亲晚年生活很有规律，《文摘周刊》《安徽老年报》等都是他喜欢的读物，读到对子女有益的内容，还会圈圈点点做上记号让我们看。他常挂在嘴边的话是"家和万事兴"，要我们"慎独""知足常乐"……这些话我常想起，并且让我受益无穷。当然，父亲一生也并非完美无缺，他生前曾坦陈：有时批评下属时过于严厉，让人觉得不给情面。父亲的另一不良嗜好就是吸烟太多太多，这极大地损害了他的心脏，否则他一定不至于如此突然地倒下。

如今我深深爱戴的父亲离我们而去了，回忆与父亲相处的一幕幕，除了父女之情，更多的时候父亲更像一位老师、一位挚友。当我夜深人静醒来时，当我工作之余、茶余饭后，抑或是偶然间，都会想到他的身影、笑容、声音，总感到父亲还健在，还在我们身边，还在向我们讲述陈年旧事，还在和我们笑谈人生的真谛，还在为儿女们牵肠挂肚，还在叮嘱我们这样那样，还在和满堂的子孙相聚，不亦乐乎……每当此时我就想大喊一声：爸爸，我想念您！

父亲虽然走了，但留给我们的是让我们受用一生的智慧——豁达、乐观、向上的生活态度。

在又一个父亲节到来之际，谨以此文纪念我敬爱的父亲。

怀念祖母

祖母若还活着,今年便是 100 岁了。她离开我们已 16 年了,但她的音容笑貌却时常浮现在我的耳边、眼前,仿佛就在昨天。

祖母长得小巧清秀,裹着一双小脚,是那个年代漂亮女人引以为豪的"三寸金莲"。她 14 岁便嫁与祖父。在皖南歙县农村与祖父共同生活的几十年里,她的勤劳、能干、坚强在村里是出了名的。

在我的童年时代,父亲常年在外地工作,家里有祖父、祖母、母亲和我们姐弟三人,祖父和母亲主外,祖母主内。在那个物质极其匮乏的年代,家乡主要种植玉米和小麦,大米很稀罕,得凭粮票买。但就是这简单的玉米、小麦,经祖母的手能做出不同花样的食物,如在玉米馃上涂一层辣酱,然后烤得脆脆的,吃起来又香又甜又抵饿;煮一锅粥,再加上面粉和韭菜做的煎饼,就是一顿很好的早餐;还有面皮、面条、饺子;等等。然而印象最深的是祖母做的鱼。弟弟在门口河里钓得一串小鱼,祖母将其洗净,用油和盐一拌,然后用几片大菜叶把鱼包起来往锅洞里一扔,不一会儿香味扑鼻而来。我们常常站在锅台边等候着,当祖母用火钳夹出来剥开菜叶,那黄灿灿、香喷喷的小鱼立刻让我们馋涎欲滴,咬上一口满嘴溢香,真是美味啊!不仅这些,像在鸡蛋里加点青红辣椒炒成的鸡蛋米、用旺火炒成的腌菜、自家腌制的辣椒片等等,都是那样好看又可口……祖母真是持家的好手,她变着花样做出的饭菜成了我童年最美好的记忆!

祖母的坚强和对我们的疼爱是我在长大后才深深体会到的。为了让我接受相对较好的教育,我11岁时就随父亲到太平读书。第一次离开熟悉的家乡和亲人,我郁郁寡欢,心里好不乐意。祖母也舍不得我走,几天前就踮着小脚不停地忙碌,帮我准备这样那样。临走的那天我哭了,她嘱咐我:"在你爸身边要听话,好好读书,等暑假回来再给你做好吃的。"在我依依不舍出门的瞬间,我看到祖母转过身擦眼睛。

1980年,我刚高中毕业就经历了第一次亲人间的生离死别,年仅45岁的母亲因病离开了我们,举家悲痛无比。那时祖父祖母年近70,父亲又常年在外工作,我感觉天塌了一般偎在祖母怀里痛哭。祖母抚着我含泪说:"你安心在外读书,家里有我和你爷爷。"母亲去世后,祖父祖母的担子一下重了起来。一次祖母下河洗衣服,在石阶上踩空了摔到河滩里,全身多处摔伤,躺在床上休息了半年才痊愈。她硬是躺在床上一遍遍口授教会了弟弟煮饭、烧菜,稍好些她就拄着拐杖做自己力所能及的事,那段时间祖母以她的乐观和坚强为我们撑起了一片天。

祖母不识字没文化,却通情达理,默默支持着祖父。至今我的记忆里还有这样一幅图景:祖父和母亲去地里做事了,祖母在家料理家务,安顿好我们后,她将稍好点的菜饭热在锅里等祖父他们回来吃,自己则吃得很随便。在她心里,祖父是家里的顶梁柱,应尽力照顾好他。家里不富裕不能常买酒,祖母就自己做米酒,保证祖父一年到头都能喝上米酒。祖父祖母风雨同舟几十载,感情深厚。在祖父去世后的很长一段时间,我常常听到祖母说:"人走了就没了,不再回来了。"她像是自语,又像是在安慰自己,每次眼睛都红红的,却不曾见她落泪,足以感受到她的坚强和对祖父的无比眷念。

祖母一生辛勤劳作,没有大疾病。在84岁那年,她时而清楚时而糊涂地坚持了一段时间,最后在满堂子孙的守护下平静、安详地走完了一生。她一生中所做的都是油、盐、酱、醋、米这样的小事,但这些平凡小事中所表现出来的乐观、坚强和大爱却让我们永远铭记和怀念!

好心境，好人生

——从一则故事想到的……

不久前读了《盖房子的故事》，感悟很深。三个工人分别在不同的地方盖房子，第一个工人干着干着就不耐烦了："反正又不是我住的，费那么大劲干吗？"于是漫不经心，加快速度草草完工。第二个工人干着干着也感到枯燥："但受人之托，忠人之事，既然收了别人的工钱，就有责任把房子盖好。"于是一丝不苟地完成了工作。第三个工人干着干着变得快乐起来："盖房子真是一件美好的事情！房子盖好后，在房前屋后种上树木花草，一家人乐融融地住进来，啊！真是太美好了！"于是以更大的热情干活，并加上不少自己的创意，房子看起来美观大方。

三年后，第一个工人盖的房子成了危房，他自己也未老先衰，没人敢再聘请他；第二个工人盖的房子结实牢靠，他自己也身子硬朗，仍认认真真地干着老本行；第三个工人成了全市出名的建筑大师，他设计的房子风格独特、美轮美奂，受到人们的欢迎。

故事中的三个工人虽然开始做着同样的事情，却因为各自对待工作的态度不同、心态不同，而有了截然不同的结果和命运。由此我不禁想到，在现实生活中，有的人一味地抱怨、哀叹、悲观，对待工作漫不经心，终究一事无成；有的人把工作当成生存、生活的

140

方式和手段,每天勤勤恳恳、兢兢业业地工作,他们的事业稳步发展;还有一些人不仅把工作当作谋生的手段,而且还在工作中不断探索、努力开拓,创造性地完成任务,最终赢得事业上的成功。显然第二、第三种人对待工作和生活的态度是可取的。

爱因斯坦说过这样的话:"生活方式只有两种,一种认为世界上没有新鲜事儿,一种则认为无事不是新鲜事儿。"认为世界上没有新鲜事儿的人,内心充满了无奈,也充满了需要开悟的哲思;认为无事不是新鲜事儿的人,内心充满期待,充满对生活的欣赏。我们每个人都处在社会的大熔炉中,无论你从事什么职业,无论职位高低,人生之路都像一次漫长的旅行,沿途不仅有看不完的水光山色、春花秋月,也有坎坷泥泞、艰难险阻。顺境时心境好自不必说,但当我们身处逆境时该保持怎样的一种心境呢?暑期我去看望老舅,所见到的一件事让我很受感染。老舅隔壁住着一对年近七旬的老夫妻,那是一对从容、安详的老人。老先生双目失明,老太太请来油漆匠粉刷墙壁。在油漆匠工作的日子里,老先生和油漆匠谈得很投机,事情结束时,油漆匠主动减少了工钱。油漆匠说:"我跟老先生在一起觉得很快乐,看看他们的情况,他们对人生的态度,我觉得自己的境况还不算最坏,这使我不再把工作看得太苦。"而让我震惊的是那个油漆匠只有一只手!他简朴的语言传递出的是:老先生对待人生积极乐观的态度和油漆匠受到感染而豁然开朗的心境。这种积极的态度是有磁性、富感染力的,它正是现在我们全社会所倡导的正能量,即健康、乐观、积极、向上的动力和情感。同样,我们在工作中也会遭遇各种各样的困难,如工作环境恶

劣、工作千头万绪，甚至在晋级、加薪、岗位变动等事情上遭遇不公。如果我们一味抱怨，心被灰暗笼罩，心泉就会干涸，斗志就会丧失，那换来的无疑是灰色的人生；而相反，如果我们能在逆境中学会调整自己，不断学习各种知识技能，不断完善自己，以一种积极、乐观、向上的人生态度投入工作，去品味工作中的酸甜苦辣，去享受工作带给我们的快乐，即便困难重重，甚至是四面楚歌，也一定有柳暗花明的那一天。

天下没有最好的饮食，在饥渴的时候，什么饮食都是最好的饮食；天下也没有最好的处境，当你心境好的时候，便日日是好日，处处开鲜花！每个人对人生、对工作的态度决定了他的人生质量。我祝愿我的同事、朋友，我爱的人、爱我的人，天下所有的人，满怀敬业与憧憬投入日复一日平淡的工作之中，在建设和谐社会中自觉做正能量的传导者，愿人人拥有好心境，人人拥有好人生。

享受慢生活

时下,我们生活在这个快节奏的时代,已习惯了每天忙忙碌碌。越是在大城市,"快"字越是一种不容分说的形势,一种躲避不开的潮流。汽车是高速,火车是高铁,飞机是波音速,吃饭有快餐,上网有光纤,阅读用浏览器……许多人在"快"的背景下,出行、饮食、娱乐、阅读等等全都"快餐化"了。我想,假如有一天生活节奏慢了下来,我们是不是会难以适应? 也许我们已经被融入"快"的潮流,习惯于眼前这种忙碌浮躁的生活了。

可我不喜欢这种节奏太快的生活,因为节奏太快易使身心焦虑、疲惫。如果来一次"民意调查",我想很可能有相当多的人宁可享受慢节奏、简生活。我就是其中一员。我喜欢在不太快的节奏中镇定自若、有条有理地把工作做细致、做到位,力求精益求精;在闲暇之际邀上三两个朋友骑车到有山有水的地方,去爬爬山、戏戏水,晒晒冬日的太阳、品品十五的月亮;或者一人在家看看电视,读读书,边听音乐边收拾屋子,给花施肥、浇水,独自想点什么,甚或是什么都不想……每当此时,我总是觉得这样简单、慢节奏的生活方式是如此轻松、惬意,很是享受。

"慢生活家"卡尔·霍诺指出:"慢生活"是相对于当前社会匆

匆忙忙的快节奏生活而言的另一种生活方式。这里的"慢"是一种意境，一种回归自然、轻松和谐的意境，不是磨蹭，更不是懒惰，而是让速度的指标"撤退"，让生活变得细致。

据报道，1999年起，全球有24个国家135个"慢城"诞生。"慢城"是一种放慢生活节奏的城市形态，是指人口在5万以下的城镇、村庄或社区，它们反污染、反噪声，支持都市绿化，支持绿色能源，支持传统手工方法作业，没有快餐区和大型超市等。中国江苏省南京市高淳区椰溪镇今年有望被正式授予"慢城"称号，从而成为国内第一个国际"慢城"。我想如有机会，我一定会去那儿欣赏陶渊明笔下所描写的《桃花源记》里那种"林尽水源，便得一山……有良田美池桑竹之属。阡陌交通，鸡犬相闻"的田园景象，一定也会陶醉于大自然风光之美，心境淡然，忘了时间，不知今昔是何世了吧？

　　快节奏、高压力的生活让人们感觉疲惫，于是慢运动、慢旅游渐渐成为人们生活的新风尚。慢运动是由慢速度和慢动作组成的，如慢跑、太极、瑜伽、跳舞、高尔夫、钓鱼等，它能消耗一定的体力，又不让你感觉很累，使人收获心灵的宁静和身体的健康。而慢旅游就是，随心随性地走走停停，每到一处都会放慢脚步，从慢吃到慢聊，再到慢慢购物、慢慢休闲。这种度假式的休闲漫游方式，让人停下脚步，让身心融进大自然中，享受树木、花草、云霞、溪流、瀑布等，享受旅游、读书等精神上的补给。

　　让我们尝试亲力亲为的简单生活吧，让我们的生活慢下来，多一些思考，多一些独处，多一些行走。当我们忘记攀比，不在意别人有什么豪宅、挣什么大钱、得什么名利，而是常想到怎样尽自己所能为社会多出一分力。当我们抛弃烦恼，不去在意别人怎样看待自己，去除戒备，在前进途中偶尔歇一歇，欣赏大自然的无限风光，享受付出爱心的快乐，感受得到关爱的情意，这样是不是可以更多地体悟生活的丰富与宁静呢？也许这种改繁杂为简约、变快速为从容、由追逐而淡定的生活才是我们生命本能中最需要的。

程园园作品

　　程园园,女,1980 年出生于黄山市黄山区,法律本科学历。2014年开始业余写作,近几年在《散文选刊》《海外文摘》《新安晚报》《黄山日报》《黄山晨刊》及《皖法之声》等报刊上发表作品若干。

那年冬天

那年冬天,寒风凛冽,北风呼呼地刮,刮到脸上生疼。雪花漫天飞舞着,我家院墙上已落满了厚厚的一层,晶莹剔透。地面上的雪没那么丰厚完整,被人们踩得东一块西一块,像打了补丁似的,点缀着大地。

父亲出门已有好几日了,这样的天气,真让全家人担心。

父亲靠做手艺为生,养活一大家子。父亲的手艺活仔细考究,远近闻名。后来由于某种机缘巧合,父亲做起了木材生意,把收购的木材倒腾到浙江,有时需长驻浙江某镇的木材市场,零卖出售。这趟生意,父亲只需把货按时送到就行了。

父亲出门那日明明是个好天气,可接下来的几日却连续雨雪天。这恶劣的天气,谁也不愿意出门远行,只愿待在家里,享受雪天的静谧和安宁。

父亲未归的这几日,家里被一片愁云笼罩着,母亲脸上清清楚楚地写着不安。母亲怕我们跟着着急,不时宽慰我们。母亲宽慰我们的同时,也好似在宽慰自己。我们年龄虽小,却懂事得早,暗暗祈祷老天爷保佑父亲一切顺利,平安归来。

以前我们特别喜欢下雪天,可以堆雪人,可以在雪地里嬉戏追逐。可现在不喜欢它了,甚至讨厌起了它,因为它阻挡了父亲回来的行程。我们巴望着雪赶紧停下来,可它听不到我们的心声,反而更恣意了,狂舞不止。世界仿佛因雪的降临变得安静了。这份安静,让人有几分害怕,甚至让人有丝丝恐慌。外面稍有一点声响,我们就跑到门口四处张望,看到的不是左邻就是右舍,失望极了。

又是一天过去了,家里的气氛越来越紧张,好几日没见母亲脸上的笑容了。这时,院墙外传来嘎吱嘎吱的脚步声,心想这次肯定是父亲回来了,虽然这天已失望过两次,但我不愿意错过每个机会,我急速地向门外冲去。老天爷眷顾,果真是父亲回来了!他朝我们笑着走来,雪花像棉絮一样沾在他的头上,衣服上也落满了一层碎雪。父亲回来了,家里凝固的空气瞬间解冻融化,焦灼的心也落了下来。

父亲左手上缠了纱布,纱布上系了绷带绕在颈上,左手用托板托着,殷红的血从纱布中渗了出来。刚刚的欣喜激动,转瞬被担心害怕替代了,母亲急了,我们也急了,询问是怎么一回事。父亲说回来的路上,货车途经宣城的时候,由于路面打滑,车子翻了,父亲机灵,从车上跳了下来,断了根手指头,但捡回了一条命,算是不幸中的万幸。父亲轻描淡写地说着,说得那样轻松,甚至还面带着微笑,我们拧紧的心跟着也轻松了。

雪还在继续下着,雪花越飘越大,母亲脸上的愁云不知何时已消失不见了,只挂着安宁,挂着甜蜜,在厨房忙着给父亲弄吃的。家里这几日的阴霾随着父亲平安回来,已经躲起来不敢见人了,家恢复了往昔的样子。

　　一个月后,父亲按医生嘱咐到县城医院拆线。揭去蒙在上面的纱布后,我看到父亲确实断了根指头,是左手第四指,比其他指头永远短了一大截,像烙印一样,烙在了父亲的手上,也烙在了我们的心里。

　　父亲断掉的那个指头,丢失在那年冬天父亲从浙江回来的路上,丢失在那个雪地里,丢失在那个冬天。

爱上喝茶

人至中年,渐渐爱上喝茶。

以前是不爱喝的,在办公室里几乎每天以白开水为伴。

母亲是爱喝茶的,爱喝浓茶。

还记得小时候,母亲早上起来第一件事就是从柴房抱来柴火,烧水,泡茶。待茶泡好,母亲再去做其他事情。一天的生活在茶的袅袅清香中拉开了序幕。做全家人的早点,打扫庭院,搓洗衣物……母亲做得有头有绪,从不计较埋怨。估计茶起了一定的作用,茶泡好了,她的心跟着也宁和了。那把老茶壶的样子至今我还清晰地记得,细瓷的,器形挺秀气,上面绘有精美的图案。那时农村家家户户都有这样的茶壶,不足为奇。配套的茶杯在托盘中放着,不过已经残缺不全了,不是没了杯盖,就是断了杯柄,当然是我们的淘气惹的祸。

那会儿跟小伙伴玩疯了,渴极了的情况下,我是不会从托盘中取出杯子,那样优雅斯文地来喝茶,而是直接拿起茶壶,仰着脖子,对着茶壶嘴,大口大口地喝,如蛮牛饮水似的,发出咕咚咕咚的声响,一点淑女范也没有。那时只觉得那茶好甘甜,喝得好过瘾,如武林好汉那般,喝出了一股子豪爽气。不过这样的行为,也只有在自己家中才敢妄为，在别人家还是要装装的。这样的性格至今还是，不愿把最真的自己展现给人。

那会儿我们小孩好像只晓得喝茶，总忘记了沏茶这回事，以致经常会遭到母亲的斥骂。也难怪，从田间做完事刚回来的母亲，大汗淋漓，衣服都湿透了，紧紧地贴在后背上，她带去田间的茶水早已喝得精光，原本指望回来有大壶的凉茶水等着她，不料不懂事的我们把茶壶里的水喝得如干涸了的稻田。母亲生气是自然的，她边骂我们，边往茶壶中冲水。我们只有不吭声。母亲骂了就骂了，随后她脾气也就好了，又对我们笑脸相迎了。

就这样，一家人，一壶茶，喝完了沏，沏满了喝，到傍晚时，那壶茶已经寡淡无味了。这时，母亲便会把残茶剩水倒到路边的角落里，再从家中的洋铁罐中抓出一些新茶来，重新沏上一壶。这样晚上时，她就可以边喝茶边看电视了，生活似乎又有了滋味，有了盼头。

喝大壶茶的记忆好像是近在眼前的事，却已经很远了，不过想起时，还是那般暖，那般甜。

现在我们姐妹仨都已长大成家，母亲不管住在谁家，姐姐家也好，妹妹家也罢，还是老习惯，爱喝茶。早晨起床首等大事，便是泡上一杯绿茶，只是现在不用茶壶了。奇怪的是，我总喜欢喝母亲泡的茶。可能是自己懒，怕动手，喜欢喝现成的；也可能从小就依赖上了这种感觉，总觉得母亲泡的茶好喝，有母亲的味，有家的味。

人至中年，心渐渐沉了，收了，喜欢上了喝茶。去年朋友送了套精致的茶具，我闲暇时便会取出它，泡茶，各种茶，毛峰、菊花、苦丁茶……

　　我渐渐喜欢上了这种感觉,呷呷茶,看看闲书。朋友说,这是老了的节奏,年轻人是不喜欢喝茶的,咖啡、奶茶是他们的最爱。

　　可能身未老,心已老了吧。恋上了茶的淡雅、茶的清香。

某年春节

过了今日,明天就是年三十了,村里到处是忙年人的身影,空气里也能嗅到别人家厨房炸鱼、炸圆子的香味,而我的父母在外地做生意,至今未归。

妹妹喜欢坐在后院的那堵院墙上张望。因为那堵院墙够高,在上面可以清楚地看到从马路路口延伸下来的那条路,那是父母回家的必经之路。傍晚时,妹妹又坐在院墙上眺望了,我也坐了上去,眼巴巴地望着那条弯弯曲曲的路。除了看到忙年人的身影,马路上呼啸而过的车辆外,还是没能望来父母熟悉的身影。妹妹小,依恋父母,此时,她的眼圈已红红的了,那好看的眼睫毛也已湿润,看到此,我的鼻头也酸了。

天色渐渐暗沉了下来,奶奶劝慰我们说:"不是还没到明天吗?说不定他们晚上就回来了。"她还补充道,"如果这个年他们真没回来,我们到三伯家过年。"

这天晚饭后,我们带着失望,带着沮丧,早早上床休息,伤心极了。以前每年过了腊八,妈妈就开始忙年了,扫灰掸尘,炒花生,做甜酒……过了腊月二十,母亲就开始忙年夜饭了,炸圆子,摊蛋饺……家里一片热闹的景象。我们过年穿的新衣、扎辫子的新头绳，母亲也老早准备好了。可今年，父母至今未归，真不敢相信，年已经跨在门槛了，家里却是这般冷冷清清。到底是孩子，就这样，我们竟也迷迷糊糊地睡着了。

凌晨时分，果真如奶奶所说，我们的父母回来了。他们怕惊着我们，没有绕过前院走大门，而是直接掏钥匙开厨房的那道木门。虽然他们说话的声音很小，怕惊到我们，可我们还是听到了。从来没有觉得父母说话的声音像今天这般悦耳，像今天这般动听。我醒了，姐姐也醒了，妹妹更是高兴，一骨碌坐了起来。我们的爸爸妈妈回来了，我们还能跟往年一样，过一个快乐的春节。

父母已在外地备足了过年所需物品，两个大行李袋塞得满满当当的。母亲从行李袋中取出了我们过年穿的新衣，竟是今年最流行的皮夹克。我们好不开心，我们爱吃的零食、漂亮的文具盒、好看的扎头绳……母亲像变戏法一样，从那个行李袋里一件又一件地取出，驱散了这段日子我们的灰心失望。尽管现在是凌晨，我们兴奋得想睡也睡不着了。

第二日，大家早早起了床。这天注定像打仗般度过，父母给我们简单分了工，我负责帮妈妈搓肉圆子，姐姐摊蛋饺，妹妹跟在父亲后面帮忙贴对子。妈妈任务最艰巨。当村里第一户人家开始放鞭炮吃年夜饭时，我们家才起火炸肉圆子。母亲被密集的爆竹声催促得满头大汗，我们在厨房里忙得不是你撞了我，就是我撞了你。我家是村里最后一户吃年夜饭的人家，当我家鞭炮炸响后，年就如老者一般沉默不语了。

那年春节，尽管大家忙得手忙脚乱，却永远值得怀想。

三　　伯

三伯老了。三伯是从什么时候老的？怎么觉得三伯一直是现在这个样？可三伯确实老了，三伯是被日子一天一天撕老的。

三伯是我的几位伯伯中条件最不好的，其他两位伯伯，一位是乡干部，一位是教师，三伯却是地地道道的农民。

印象中三伯最疼我们了。小时候，不管三伯家有什么吃的，总会分给我们一份，我们时常能吃到热气腾腾的山芋、玉米，还有甜津津的葡萄、红枣等。有时也会招致三娘的不满，但三伯却不以为然。

三伯帮我们捉蝈蝈，打鸟笼，捉乌龟，这些事情连父亲都不曾帮我们做过，而三伯却乐此不疲。有一次，三伯给我们逮来了一只鸟雀，用绳子绑住了它的翅膀。以前，总觉得天空中飞翔的小鸟是那么遥不可及，没想到第一次这样近地在我们的眼前，由我们用绳子拽着，把我们乐坏了。还有那只用绳子捆住腿的小乌龟、三伯捉来的蚂蚱……我们的童年，在三伯的爱护下，竟是这般充满了生趣。

每当太阳落山，夜幕徐徐降临时，无所事事的我们总爱到三伯家去串门，因为三伯家离得近，几步路就到了。

　　三伯很会说故事。冬天时,我们坐在火桶里,听三伯说故事;夏天时,我们坐在葡萄架下的凉床上,听三伯说故事。我们从三伯那里第一次知道了白蛇的传说,知道了白素贞,知道了许仙,也恨死了那个老和尚法海,硬生生地拆散了一家人。我们很喜欢听三伯说故事,经常惊叹三伯有如此多的故事储备,毕竟他只上过两年学堂。

　　三伯人虽然很好,说话从来不会得罪人,可三伯他们一家的日子过得很窘迫。记得有一年,临近开学了,三伯拿不出学费替梅子表妹报名,一股硝烟的味道从他们家破旧的门缝中蹿了出来。三伯在家中骂,梅子表妹也在骂,最终惹怒了三伯,拿来了竹棍,鞭打起了梅子表妹,家中一片鬼哭狼嚎。其实他比谁都急,再怎么也不能耽误了孩子,他是骂自己无能啊,骂自己把日子过得连报名的钱都拿不出啊。后来父亲伸出援手给梅子表妹报了名。三伯一辈子没挪过窝,那个屋子又旧又破,还是奶奶那辈人建造的,可三伯依然乐观地生活着。他的快乐并不比别人少,相反,少了利欲熏心、尘世复杂,三伯的世界倒是纯净简单。

　　三伯虽穷,可他比谁都爱面子。逢年过节,我们小字辈提点烟酒礼品看望他,他硬要给我们的小孩塞个红包。我们还给了他,他又追了过来,相互拉扯着。如果我们占了上风,隔一段日子,三伯肯定会拎点土鸡蛋在我们城里的家中出现。

　　三伯老了,被风雨浇蚀老了,腰佝偻了,背驼了,沟沟壑壑的脸也干巴了。三伯是真老了!

算盘情缘

初识算盘,还得从家里的那把老式算盘说起。老算盘泛着木香,总被母亲藏在房中的五斗橱顶上,有时也会被大人随手挂在堂屋的墙壁上。

那时,外婆总会在我们面前夸赞母亲,说母亲读书聪明。一年级升学时,母亲因做对几道算术题,直接跳级。只可惜外公走得早,念到小学三年级时,母亲被迫辍学了,回家务农,在队里挣工分,帮衬着外婆。

让人讶异的是,母亲文化程度不高,可算盘打得非常熟练顺溜,加减乘除样样都行。母亲曾自豪地说起,生产队里记工分时,她人虽小,可她记的账从来没出过错,大人经常对她竖起大拇指,称赞她聪慧。

我中学毕业填报志愿时选择了警校,是因为警匪片看多了,觉得警察威武;选择了财会专业,是因为从小目睹母亲拨打算珠,被她的那份沉着、那份知性美所吸引,觉得做那样的女人,别有一番韵致。因此,我毫不犹豫地选择了这个专业。

还记得,珠算考级那年,我和寝室的几位同学从合肥清溪路乘坐公交车,沿途辗转数站,才抵达新华书店,精挑细选后,方购得一把如意算盘。比起母亲的那把算盘,它小巧精致了许多,功能也多了一些,只是闻不到木香,因为它的架子是不锈钢的,珠子也不是木制的了。那段日子,在珠算老师的悉心教导下,我们财会班的同学每天吟诵着珠算口诀,反复地核算,不停地训练。珠算口诀,犹如武林秘籍那般,一旦钻研透,自己便幻化成了江湖侠女,在衣袂飘飘、刀光剑影中快意恩仇,在剑拔弩张中笑傲江湖。功夫不负有心人,那年,我顺利拿到了珠算四级证书。假期回到阔别已久的家时,与母亲又多了一个话题。

迈出校门,刚走上工作岗位那会儿,以为自己再也不会触碰珠算,再也不会跟算盘打交道了。从合肥购置的那把算盘,安静地闲置在家中,在时间的洪流中蒙尘。母亲怕我荒废了学业,因为算盘这东西长时间不碰不摸,日子久了会变得生疏,甚至遗忘,因而母亲总是不时地在我耳旁敲边鼓,敦促我,鼓励我。于是在母亲的谆谆教诲下,我重新捧出算盘,拨动起了算珠。

几年后,单位的洪姐挂职锻炼去了,工作重新调整后,我接手了她手中的会计核算工作,每天跟成堆的票据账册打交道。这时,算盘总算有了用武之地,它俨然成了我驰骋账山账海的工具,成了我手中的一柄利剑,助我披荆斩棘。那些杂乱无章、让人头疼生畏的票据在算盘的噼里啪啦声中一遍遍地梳理着,无头绪的我在算盘声中思路渐渐清晰了,拧成疙瘩的眉头也渐渐舒展开了,浮躁的心跟着沉静了下来。我心里不由得感激起母亲,让这门手艺发挥了作用。

似水的日子在算盘的珠起珠落声中缓缓地流淌着,我从不谙

世事的小姑娘,已步入而立之年,那把黑珠白底的算盘依然静静摆放在我办公桌前,陪伴我十余载。母亲的那把算盘更是岁月悠久了。或许,现在的小年轻早已对它不屑一顾了,对依旧还拨动算珠的人可能会投去鄙夷的眼神,觉得跟个老古董似的迂腐不堪,但一代又一代的会计人就是从这种形象中走过来的。

　　不管现代科技发展得如何迅猛,我仍是初衷不改,偏爱算盘这种古老的核算方式。不仅因为它计算快速精准,更因为那种难以割舍的情缘。它将继续陪伴我走过以后的岁月,让我继续在财会这条漫漫人生路上纵横驰骋。

打字员生涯

现在,人人会打字,会打字已不是什么稀罕的事,打字员这个岗位变得不那么引人注目了。但在过去的那个年代,打字员还是挺吃香的。

我平生谋得的第一份工作,便是打字员。

那天,父亲骑车载着我,沐浴着三月和煦的春风,来到了我即将工作的地方。那是一幢看起来有些森严的高楼,可楼里的人都很热情,脸上挂着和善的微笑,让胆怯的我感受到了大家庭的温暖。他们领着我,去了那间即将成为我办公室的房间。那是间打字室,他们告诉我,那就是我以后工作的地方。

打字室很宽敞,有两扇足够大的窗户,光线充足。电脑是老式的那种,身躯显得有些笨重,颜色也有点旧了,看样子有些年头了。后来才知悉,那是单位仅有的一台电脑。有电脑的地方,就少不了打印机。打印机可不是现在的激光打印机,而是针式打印机,差不多占了桌子2/3的地方。

我便开始在那里工作了,虽然并不是一份正式的工作。

打字室那会儿在单位可是个热闹的地方,每天进进出出的人络绎不绝。遇到字迹工整美观的材料,工作起来还算得心应手;遇到书写潦草的,我头就疼了,眉头也紧蹙了起来,任凭你怎样联想猜测,也猜不出写的是啥。看样子要适应这份工作,还需熟悉每个人的字迹,那样工作起来才能如鱼得水。

那台老式的电脑,用的是需要输入命令才能进入界面的 DOS 系统,文字排版远不如现在的 Windows 操作系统简便好使,必须熟记各项命令。虽然在学校我也略学了点皮毛,还弄了个上机操作证什么的,但工作起来才发现所学的早已还给了老师。所幸在单位遇上了热心的大姐,不懂的地方我便请教她,她都会毫无保留地悉心相告,当然我也不忘掏出小本本记下来。

还记得才打字那会,上班或下班的路上,还有晚上临睡前的那段时间,心里总会想着这个字用五笔怎么打,那个字如何拆分笔画等。过了一段时间对业务熟悉后,我便能熟练地敲击键盘了,打字速度比初来时明显快了许多。我很享受这种熟练敲击键盘的感觉。怎么说呢,如蜻蜓点水一般,轻盈顺畅,心灵也好似洗涤净化了一般,那些杂念啊、欲望啊,似乎在身体内变得轻如袅烟了。同事们纷纷对我竖起大拇指,夸我字打得好,打得快。记得有位同事说:"看你打字,就像欣赏钢琴演奏。"这可是我听到的最高的褒奖了。

记得有年冬天,我还代表单位参加了县里组织的打字比赛。那次虽然我只获得了三等奖,没有发挥出平时最好的水平,但红彤彤的奖状捧在手里时,还是感到些许安慰的。

后来,电脑普及了,单位几乎人手一台电脑,同事们开始自己打印文件,不再去四楼的打字室了,只有几位年龄稍长的老同志还会过来找我打字。打字室不似以前那样热闹,渐渐冷清,最后成了无用武之地。接着,我便被调整了工作岗位,打字员的生涯从此结束,开始一段新的工作旅程。

　　闲暇的时光里,我偶尔还会想起那段岁月,怀念那段打字的生涯,还有那台略显笨拙的旧电脑。

丝瓜的情意

再过一段时日，又能吃到母亲种的丝瓜了。当然菜市几个月前就有卖丝瓜的了，可我并不喜欢吃，不是时令的菜蔬，寡淡得很，吃不到小时候的味道。

丝瓜，老家年年种。因为丝瓜好种，我听母亲这样说的。除了丝瓜好种外，母亲还说南瓜、冬瓜都挺好种，不需要花费太大的心力，只需按节令做好该做的事情就行了。母亲种菜可是一把好手，利用双休日的时间把菜园子侍弄得丰富多彩、绿意盎然，而平时的时间都给了她的子女们。每当我们夸母亲勤劳能干时，我知道母亲是开心的，因为母亲的脸上写得清清楚楚。母亲在城里时，我们很少看到母亲脸上挂着这样的笑容，可能每个人活着，无论男女老少，都在寻找一种存在感，寻找一种价值吧。

前些年，母亲会将丝瓜栽种在后院的花坛里，到了丝瓜牵藤子的时候，母亲从自家的竹林里砍上几根细细的竹子，给丝瓜搭架子。这个时候，丝瓜藤子仿佛找到了依傍，迅速地生长蔓延，将我家的后院装点得如诗如画。我曾经在丝瓜架下取景拍照，并发至QQ空间我的相册里，惹得外地的同学纷纷点赞，夸江南好风景。在我眼里，其实那只是一张再普通不过的照片而已，在别人眼里怎么就成风景了？可能还有别的原因吧，比如远处的山、天上的云，还有古朴的庭院、粉墙黛瓦的房子。

待丝瓜的藤蔓爬满整个架子时，丝瓜就快要开花了。丝瓜开花仿佛是一瞬间的事，如果你不留意的话。它开出来的花朵是黄颜色的，小小的花朵在一片绿意里，分外惹眼，招人喜爱。尤其晨起时，看到庭院中的这些小花，这养眼的绿，精神再不济，眼前也会为之一亮，心也清了，郁结在心中的杂念、困顿，都消失殆尽了。

过不了多少时日，就见拇指长短的丝瓜藏躲在快枯谢的花朵后面了。但不留心的话，很容易忽略了这个阶段。丝瓜长势迅猛，几个日照，又或几场倾盆大雨，丝瓜就垂吊在半空中了，生机勃勃的，在夏日里，给烟火市井的平民生活平添了几许诗意、几分情调。

这两年，母亲依然种丝瓜，只是丝瓜不栽种在自家小院里了。母亲说栽在家里容易招惹蚊虫。其实，她不知，长在院里的丝瓜给了我们怎样绿意的生活。院子没有了它的点缀，显得既呆板，又了无生气。

不过母亲的想法我们都尊重，她愿意种哪儿就种哪儿吧，应该都有她的道理。

记得去年5月间，我终于申请了微信，刚开始玩微信时有些上瘾，经常会将我做的菜晒出来，在朋友圈分享。刚开始自己不觉得，后来才发现我每天发的菜肴中，总有碗丝瓜汤，别人评论说："你怎么天天喝丝瓜汤也喝不腻呀？"其实，他们不知，自己种的菜怎么会吃得厌呢？这都是母亲种的，纯天然的，没有化肥，没有催长剂，不仅新鲜，丝瓜味也足。

母亲种的丝瓜远不止吃这样简单,她让我们在快节奏的生活里,守住了一种慢,守住了一种拙,还有心底的那片宁静。

卷 心 菜

卷心菜,在我们太平,也称"包菜",还称"橄榄包"。我甚至一度认为它不是种出来的,就如我们佐粥的榨菜一般。记得读中专时,寝室的女同学说她家乡种榨菜,我惊讶得张大了嘴,原来榨菜也是种出来的啊。卷心菜亦是如此。直到这几年,母亲让我长了见识,知道不仅卷心菜是土里种出来的,还有生姜、西兰花也是。记得上次在微信里晒连秆拔起的生姜时,许多人都没有认出来,纷纷向我打探求问。

每个星期我都会抽空去趟乡下,不知为什么,总是眷念着那方故土,眷念那里的一切。闲时,我喜欢带着孩子在村子里转悠晃荡,更喜欢去母亲的菜园子看看。母亲的菜园子可真是丰富,绿油油的,充满了生机,这个节令的菜几乎应有尽有,生菜、韭菜、马铃薯、豌豆,还有就是卷心菜了。平时母亲在城里帮着我们照看孩子,只有双休日才有空回去打理菜园子,但菜园子不但没有荒芜,我们看到的是诗是画,是蓬勃的生命力。眼下卷心菜已经壮壮硕硕了,我以为这样就可以食用了,母亲告诉我,必须等菜心卷起来,才算长成。

卷心菜总会让我想起童年的事。人真的很奇怪,一首老歌或一个旧物件,就能让你抓住了什么,牵着它,可以冲破时间的缰绳,回到从前。

那时,差不多谷雨前后,布谷鸟在村庄的上空扯开嗓子,开始一声紧似一声地叫唤,在我们乡间,就是割苗插禾的意思。这种声音给农人的不仅是警醒,更是一种催促吧。这个时候,我们家也在张罗插秧的事情了。以前乡邻间盛行换工,基本上先让家里人轮换着来。大姨、舅舅、三伯都是庄稼人,所以插秧那天,家里异常热闹,就跟过年似的。我不知大人们是什么样的感受,我只知道在我们小孩眼里那天很不一般,心里惬意得很。早晨在他们叽叽喳喳的吵闹声中醒来,因为他们很早就上家里吃早饭来了,他们边吃边聊,声音一浪盖过一浪。可我并不讨厌这种吵,甚至现在还挺怀念那种"沸反盈天"的氛围的。

那天,母亲会去小店买很多菜回来,卷心菜就是其中之一。卷心菜对于我们来说挺奢侈的,印象里只有插秧的时候才可以吃到,平时吃的蔬菜几乎都是母亲种的,那会儿母亲可不种卷心菜。

母亲会用买来的新鲜的猪肉,切些肥的,直接投进铁锅里煸出油来,接着将卷心菜下锅爆炒,放蒜子,放辣椒。有了猪油的浸润,这样炒出来的卷心菜格外亮晃晃的。当然,除了卷心菜外,还有其他许多菜,总之那天我们是饱口福了。

家乡现在已经退耕还林,很少有人种田了,年轻人纷纷出去谋出路。虽然不再插秧种田了,可勤劳惯了的母亲闲不下来,她侍弄菜园子可是行家里手,这几年连卷心菜也种了起来。不单母亲种,周围的人也种。每当吃着卷心菜,就会怀念那些年月卷心菜的味道,我知道我怀念的并不单单是卷心菜的味道,还有家的味道、乡土的气息。

栀子花开

浅夏时分,皖南无论山间,还是平地人家,都笼罩在栀子花香中。

山野里开的多半是单瓣的栀子花,虽只有几片薄薄的花瓣,但成片成林的时候,力量就不可小觑了。

前段日子,我喜欢选择周末的上午去南山公园走走。南山公园是个森林公园,林木莽莽,环境清幽,是走路锻炼的好去处。当我穿行在园中,快步疾走的当儿,有种香淡淡地掠过,可能是被风儿牵引过来的,我知道那是栀子花的香。何炅的那首《栀子花开》,不由得在耳边回荡开来,有抹淡淡的忧伤从心间滑过。因为这首歌充满了青春的气息,适宜少男少女,而自己的青春正渐去渐远。当然还有一种清新感迎面扑来,给人心灵上的愉悦,心间仿佛流淌着一股清泉,叮叮咚咚的,那里有花香,有参天大树。

越往深里走,香味越浓厚,感觉整个人被花香揽到了怀里。迎面碰见一位中年男子,手里竟然握着几束栀子花。我心里嘀咕,世间除了女人爱花,男子也爱啊!可见对于美好的事物,人人都爱,没有性别和年龄之分。这个时候,我不由得向两边的林木张望,寻找栀子的身影。我想我一定也要掐上几朵,连叶带花,回去养在可心的花瓶里，那会是满室清香吧！南山公园林子里的栀子花差不多都是单瓣的，小小的花儿，这一片那一丛的，有些开在路旁，有些开在林木深处。让人失望的是，近处开放的，花瓣里爬满了蚁虫，远处的，伸手又够不着，只好作罢。虽然空手而归，但精神层面上，我知道和来时有些许不一样了。

记得中学时代，家离学校远，差不多 10 来里的路程。回家的路，我们会循着山路走，因为距离近，但还有别的原因——相对于公路的呆板无趣，山路充满了更多想象的空间。每逢五六月间，栀子花的香好似骤然间从大地蹿出来，我们仿佛受到了蛊惑，就有了上山摘栀子花的经历。那遍山的栀子花、漫山的香，永远弥漫在了青春的记忆里。

同事杜姐家养栀子。每年花开时节，杜姐都会采些下来，分与我们。杜姐家养的栀子花是重瓣的，我喜欢这样的，花有了层叠感，显得丰润厚实，花香也浓厚，养在花瓶里精神又好看。瓶子最好是玻璃的，上次我将栀子花养在纸杯中，感觉就少了些格调。

杜姐采来的栀子花中，我会选带花苞的，花边带着些许的青碧色，白青相间，煞是好看。这样一天的日子中就有了等待，等待花儿的绽放，有了等待，生活仿佛有了希望。坐在办公室，纵使精神再不济，心情再灰暗，看到这样的花儿，闻到沁鼻的香，也会是另一片天地、另一种格局了吧。

养在瓶里的栀子花虽养眼，可过不了三两天就会枯谢，会露颓颜。花朵由原先的瓷白变成微黄，精神也随之垮塌了，整个身子都耷拉了下来，可香味儿犹存。

每种花都有自己的花期,栀子也一样。明知道养在花瓶里的栀子花更易枯萎,可人们还是喜欢从花树上折下它,喜欢闻它的香,喜欢它白白的花儿、绿绿的叶。可能不单单因为这些,它还代表我们对过往岁月的缅怀或追忆吧。

塔川之美

10月份的时候,我终于去了塔川。我虽是黄山人,去塔川还是头一回,算是沾了外地朋友的光,才有了这次出行的机会和动力。

塔川,我也是近几年才知道这个地名的,以前只知道黟县的宏村、西递,美得如一幅水墨画,古民居、青石巷,还有那桥、那水。江南的样子或许就是这样,如果有位古衣美女撑把油纸伞从小巷深处款款走来,味道就更足了。黟县的塔川那时无人问津,可能只有本地人才知晓吧,或许本地人都弄不清也不一定。

塔川是何时出了名的,我无从得知。只知道这些年,她的名气越来越大,慕名而来的游人数不胜数。因为塔川的秋色,或许不单单因为这个。面对都市的喧嚣、生活的快节奏,世人都在寻找一种世外桃源的生活,塔川就是这样的好去处,有山,有水,有村落,寂静,幽美。

没去塔川前,我只能凭借想象,在朋友圈经常会看到微友晒出游的美图,塔川秋色一定少不了。看到那样的美图,再好的定力也禁不起诱惑,那一树树的黄、一蓬蓬的红,点染在寂寥的山水间,秋天原来可以这样美,这样诗意,这样童话。塔川秋色,这几个字无论写出来还是读起来,都有几分美感,不由得令人心生向往,因此常在家人面前念叨,没想到 10 月就有了出行的机会。

一路上,我跟个孩子似的,忍不住雀跃,努力想象她的样子,想象她的美,单是这样想着,心情也是无限好了。

到达塔川差不多已是正午时分,阳光正好。朋友买好票,大家向村口走去。村口的那棵参天大树应该历史悠久了,树的冠盖浓郁得像把擎天大伞,夏天在这样的树下小憩或漫步一定舒坦极了。我瞬间被这树的气势震撼到了。我偏爱这样的树,树老了,味道就出来了。那种纵深交错感、沧桑厚重感写满了枝枝丫丫间,让人忍不住想走近它,总感觉这树与我有心灵相通的某种东西,具体也说不上来,总之贴近着已近中年的我。

除了古树带给我的震撼外,还有那清亮的小溪、绿意的菜园子、怡然自得的人家带给我的愉悦感。

溪流顺着山蜿蜒而下,清清亮亮,如缎带似的,叮叮咚咚灵动地流淌着,点缀着山谷的空寂。看到这样的水,再浮躁的心也如水洗了似的,清澈明亮了。还有那菜园子,种满了时令菜蔬,绿意养眼,给人清新的感觉。粉墙黛瓦的屋舍,朴素而有古意,错落有致地掩映在绿树中。门庭处有花卉果木充盈着,丰富着平淡的日子。不过这个季节,院门前的那些树已不再繁茂。秋阳下的那棵柿子树凋零得只剩下枝枝丫丫了,显得有些孤单,可还有三两个已熟透了的红柿子坚定而又饱满地挂在上面,不肯坠落,在阳光下承受风给它的力量。

10 月来塔川,日子可能没有选择妥当,远处的山峦还是一片青褐色,近处的叶子也是生机勃勃的,零星地才有那么一点红。那种铺天盖地的慑人气势看来还远着呢,要等塔川的叶子红透红厚,应是初冬时节了。

塔川,我们来早了,她的绚烂辉煌虽无缘领略,不过这时节的塔川也有独特的味道,不能说一无所获。那份隐匿山水之间时心境的宁和,还有那份怡然自得,才是我们所找寻的。

汤家庄,避暑好去处

去汤家庄已经不是第一次了,可依然会怦然心动,会惊叹,会挪不动脚步。

如果那个下午我只是坐在家里看电视或是睡觉的话,这种惊喜又何以能遭逢呢? 幸好我并没有错过。老公说去汤家庄寻一种鱼,市面上已罕见的鱼,已经电话联系好了,让我陪同。起初我犹豫了一下,家里有孩子,我不太放心。老公一再说孩子已经这么大了,要给孩子成长的空间,家里还有妹妹在,我就欣然同意了。

其实我已经很久没有出行了,一直在家的周围打转转,正好借此机会出来透透气。我感觉自己像一条鱼,极度渴望自由的鱼,需不时地露出水面冒下泡泡,才能正常地呼吸。

当车子从去往太平焦村方向的大道拐进汤家庄的蜿蜒小道时,路相对狭窄了许多。不过现在的乡村小道不似以前那个年代了,早些年就已经浇筑上水泥了。

与我家乡最大的不同就是,这里两侧的山体隔得那样近。虽然我故乡的村庄与这里离得不是太远,但山体的特征明显不同。这里的山,林林莽莽、郁郁苍苍的,可以称得上雄浑。这样形容一点也不夸张,它静静地卧在那里,卧在时间里,有一种说不出的气场。山顶是飘来荡去的云朵,仿佛登上山顶就可以扯片云絮揣进口袋。随着山势的拔高,我分明感觉到我们犹如在山的腹地迂回穿梭。我还把这个比喻说给了正在开车的老公,询问他恰不恰当。

越往里走,环境越原生态。有湖,虽然不及太平湖,但也不逊色多少,只是声势上弱了些罢了,这里的湖水终究会汇入太平湖,成为太平湖的一部分。我称其湖也不知可准确,总之我心底已经认定它为湖了。湖在树木的掩映下,平静得像一面镜子,无波无澜的。我忍不住让老公停下车,因为我已经按捺不住内心的冲动了,我一定要拍几张照片带回去。

沿途还在汤家庄文化广场逗留了一会。有几只散养的鸡悠闲地在草坪上踱着步子,它们与我或许有着相同的目的,寻找一种内心的闲适吧,当然并不排除它们寻找食物的嫌疑。广场被绿茵茵的植被覆盖着,蓬勃着旺盛的生命力,我们犹如置身在绿色海洋里,眼睛绿得似乎都可以滴出水来。广场是环湖而建的,面积不小,两岸有柳,有亭子,有石凳石桌,还有垂钓的人,心里说不出的惬意。

老公朋友养鱼的基地,离村委会有些路。这里人烟稀少,只有一两户人家散落在路的旁边,房子还是那种老式的格调,粉墙黛瓦,掩映在丛林绿野中,格外有诗意。

鱼塘的后面是茂密的丛林,我真是佩服眼前这个能人,把鱼养在深山老林处,有天地万物的滋养,鱼肉都会鲜美些。我忍不住朝林子走去,步随心走吧。我已经很久没有这样亲近自然了,这里的自然有种原始的味道,我仿佛嗅到了生命最初的味道。林子里覆着一片阴凉,让我想起史铁生《我与地坛》中描摹四季的那段文字: "夏天是一条条耀眼而灼人的石凳,或阴凉而爬满了青苔的石阶,阶下有果皮,阶上有半张被坐皱的报纸……"此时的我,就是如此的感觉,这种味道还是小时的味道。当时我就在想,盛夏的时候,一定带孩子再来一趟。

如果夏天想避暑,不妨去汤家庄吧,去找找那种天然的阴凉,找找自然的风。

黄山之美

黄山的美，我无法用语言来形容。面对他的美，我的笔是苍白而无力的，我的脑子更像锈住了一般，变得恍惚迟钝了起来，所有的好词美句，在黄山的大美面前，统统败下阵来。

面对黄山的美，你不得不感叹大自然的神奇力量，惊叹造物主的鬼斧神工，把黄山打造得如此雄浑，如此瑰丽。每处景点都有诉不尽的美和韵味，让人流连忘返，不忍拔步，啧啧称奇。

记得那次，我带着孩子，陪着朋友，冒着酷暑，披着汗水，登上黄山的百步云梯后，心境的那种开阔和豁达，让我印象深刻。从黄山回来后，我总会不经意间想起山顶的风景，还有山谷飘荡的风。每每想起此情此景，不自觉中竟有了几分况味。

登高看黄山，心境原来是如此不同。面对山的陡峭险峻，面对山的大气磅礴，心情是愉悦的，烦恼也随之抛到九霄云外了，日渐枯萎的心灵也丰沛饱满了起来。站在山顶，极目望去，只见山环绕着山，层层叠叠的，山的彼端还是绵延起伏的山，始终挣脱不出山的环抱。除此之外，看到的就是天边飘浮不定的云朵了，给山做着点缀，让山有了几分仙气、几分神秘，让人心驰神往。

偶尔吹来一丝幽幽的山风，这股风来自空旷的山谷，直扑向你

的怀里,竟是那般凉爽。这自然的风如此有亲和力,像一位老朋友,更像父亲温暖的大手,拂去你心头的疲惫和劳顿。

听到导游跟游客解说,这是当年刘晓庆拍《小花》时的拍摄地,那首插曲《妹妹找哥泪花流》从此火遍了中国的大江南北,女导游轻而缓的声音在山顶流淌着,这首歌的旋律居然在我的心里回荡了起来,回荡在暮晚的风里,我的鼻头酸酸的。此时天色渐暗了下来,有不少外地游客或端着相机,贪婪取着景,或俯身凝望山谷,做沉思状,我的心头竟掠过一丝悲凉,但心境宁和而淡定。

来大黄山,除了看云海,看怪石,就是看奇松了。黄山的迎客松,备受画家、摄影师们的青睐。当你置身黄山,迎面碰到一株迎客松时,你会不自觉地对他肃然起敬。他傲立挺拔,他生命力顽强,石头的罅缝里也处处见到他的身影,沐浴阳光雨露,朝气地生长着,不畏严寒,不畏酷暑。他不屈的身姿,不正是做人的姿态吗?不阿谀奉承,坚持做好自己。黄山松精神由此而来,顶风傲雪,百折不挠……在物欲横流的当下,黄山松精神,需要我们现代人学习谨记,传承下去。

云海观日出,是特别让人向往的。单单看云海,你就醉了。看云汇聚成海的样子,翻涌奔腾着,恍惚间,还以为自己觅得了仙境。更何况还有日出呢,此中滋味,美不胜言呀!黄山的温泉也久负盛名,冬天来黄山泡温泉再适宜不过了,如果再落点小雪,那就更浪漫、更有情调了。

黄山的美,需要远方的你来领略,来体味。他的美是说不出道不明的,你来了,或许就知道了。

李平作品

　　李平,1964 年 7 月出生,黄山市人,中国作家协会会员,现任黄山区人民法院研究室审判员、法官助理。著有长篇小说《夏日的风暴》(发表于《中国作家》杂志 2005 年第 1 期,获安徽省政府文学奖)、长篇历史小说《天下祁红》(安徽文艺出版社 2014 年出版,入选首届安徽省长篇小说精品创作工程,获首届黄山市文学艺术奖文学类一等奖)、长篇小说《灰鸟》(连载于《黄山晨刊》)、短篇小说《围墙》(获 2001 年安徽省政法委、综治办举办的全省"十年综治回眸"征文一等奖)等。

围　墙

　　他们俩一言不发地坐在那间阴暗的旅馆房间的床沿上，只等着时钟的指针走到下午4时的位置。该准备的都已准备妥当：一只陈年灰色人造革大旅行袋，上面印着武汉长江大桥的粗糙图案，虽然因年代久远而显得有些古怪，但这种卧式提袋让一个七八岁的男孩藏身其中却是最合适的了。一卷土黄色的宽胶带，用这种黏性极强的包装材料捆绑任何东西都比绳索显得更结实，当然也更万无一失。最后是一张电话磁卡，他们要用它在无人值守的IC电话亭里给这孩子的父亲打电话。最后要做的事就是等着收获这次"耕耘"所带来的果实。

　　行动时间至关重要。确定在下午4点钟，是因为孩子放学后总是在小区的草坪上玩踢球的游戏，而孩子的父亲此时总是在他的店堂里忙着做买卖。

　　唯一让他们意外的是，原先这个小区的几处出口现在忽然都被砌上了围墙，只留下一个有保安24小时值守的大门，更糟糕的是所有的外人进出都要登记。这让他们俩很泄气，他们几乎就要放弃这次准备充分的行动了。但沿着小区的外围溜达了一圈之后，他们俩终于松了一口气——小区靠街道拐角处的一处围墙不知为什么被推倒了一个大缺口,看样子是才发生的事,因为缺口下还散落着许多新鲜砖块和灰土。有人从这里抄近路进出,甚至有人骑着摩托车从砖块上冲过去。

他们俩环顾了一下四周,然后装着若无其事的样子从缺口进了小区,一切居然这么容易。但其中一个仍显得有些紧张,他问:"那小孩真的会跟我们出来吗?"

"没问题的。"另一个回答,"这小孩跟我熟得很,暑假里他老子带他回乡下,我老是带他去溪里摸鱼,他见了我就喊我'摸鱼叔叔'。只要我说带他去摸鱼,包管他跟着我们不放。"

然后,他们俩沿着两旁修剪着整齐冬青树的宅间小道来到小区的公共草坪上,那小孩果然在草坪上踢他那只好看的皮球。

他们中的一个喊了一声那孩子的乳名,那孩子仿佛怔了一下,但马上径直跑了过来。

芙蓉小区的一名保安正跟物业公司的综治办主任老马汇报,说27栋那个姓金的今天下午带了几个人把小区北墙又砸了一个大缺口,保安闻讯后赶去,但制止不住,所以打电话请示马主任。马主任放下电话就赶来了。

"又是这个金老板!"马主任咕哝了一句,很恼火地站在保安室门口。

一个月前,根据区里的部署,芙蓉小区开始创建"安全文明小区",封闭了除大门以外的其他出口,建立了24小时保安值班登记制度。打那以后,该小区盗窃案件发案率从原来居全市各住宅小区之首,一下子降到零,确实成效显著。小区的居民也从开始的不理解和抵触很快转变为配合、支持,这让马主任大大松了口气,但唯独 27 栋的这个金老板一直在闹别扭。他的店在北街区,封墙之后,他得弯一段路从大门进出,其实也远不了多少。但近道走惯了,金老板左右觉得不自在,前不久推倒过一次围墙,被派出所传讯,赔了钱,这次故伎重演。

马主任听完汇报,带了一名保安去看现场。看完之后,马主任对随行的那名保安说:"你在这缺口看着,不是小区里的居民,一律不让进去。"说完便去了派出所。他想,这次一定要处理这个金老板,光让他赔钱一点用处也没有。

那小孩果然上了钩,欢欢喜喜跟着"摸鱼叔叔"往外走。拐到了缺口,两个男人不由得暗暗叫起苦来,那缺口处不知什么时候来了个保安,腰里别着步话机,正脸朝这边看着他们。

孩子已兴致勃勃地跑到了缺口旁,回头望着那两个男人,等着他们跟上来。

这名保安来小区的时间并不长,但还是一眼看出眼前是两个陌生人,不由分说,挡住他们的去路。小孩急了,说这两个人是他奶奶老家的"摸鱼叔叔"。保安认出了这孩子是金老板的宝贝儿子,知道惹不起,问清了这两个男人的情况,便让了道。

出了缺口,两个一脸沮丧的男人在路旁嘀咕了好一会儿,然后对孩子说:"刚才那看门的不让我们去摸鱼。"便丢下孩子,招呼一辆三轮车走了。

孩子一个人站在路旁,突然号啕大哭起来。

金老板从派出所回来,正窝着一肚子的火,见孩子一脸的眼泪鼻涕痕,一问事由,更是火上浇油,一把拉着儿子赶到缺口,不由分说地揪住那名保安,当胸就是一拳,骂道:"你龟孙子不让我儿子出去,我打死你这龟孙子。"那保安早就对金老板的做派不服气,这回被打急了,也顾不得许多,抢起拳头跟金老板对干起来。结果可想而知,两个人脸上都挂了彩。

这件事情闹大了,金老板被派出所拘留了5天,并承担修复围墙的一切费用。拘留金老板那天,马主任突然动了恻隐之心。金老板到底是小区的住户,觉得有些对不住金老板,私下就跟派出所的人说情。不料派出所的人却对马主任说:"你这个老马,当初是你要我们处理金老板,这回真抓了他,你又来求情,你到底怎么回事?"马主任只好作罢。

小区"创安"要花钱,按规定可以向小区内的住户集资一部分。不管怎么说,家家户户好歹都拿了钱,又是这个金老板,还没等马主任把话说完,一梗脖子一瞪眼,砰地把门给关上了。自从这次被拘留,金老板没再去物业公司找过碴,但见了马主任却一副不是你死就是我活的样子,马主任拿他没办法。

金老板知道马主任拿他没办法,虽然他有的是钱。

一天,金老板办完事回店里,一个伙计对他说,刚才公安局来了两个人,让他回来后去一趟刑警队。

"刑警队?"金老板一愣。

"是你们小区那个姓马的带来的。"伙计又说。

金老板的脸马上涨得通红:"狗日的姓马的,老子不拿钱,你找刑警队来吓唬我!"

金老板是个不服软的主儿,他当真就怕了刑警队? 不,他不怕,不就拘留几天吗?

他噔噔噔赶到刑警队,他要问问刑警队,不给物业公司拿钱犯了哪条刑法。他算准了是刑警队的人吃了喝了老马的,帮老马出私活,他要找他们领导问个明白。

"你就是金老板?"一个接待他的刑警队领导让他坐下说。

金老板不坐,他问:"我不给物业公司拿钱,也算犯了刑法吗?"

"拿钱? 什么拿钱?"刑警有点纳闷。

金老板一股脑把他想说的都说了。

"钱是该拿的,"刑警明白了,说,"上边有这个规定,不属于乱收费。我住的小区也一样,我不也拿了钱? 取之于民,用之于民嘛。今天找你来,可不是你什么拿钱不拿钱的事。亏你刚才骂了老马半天,你要知道,要不是老马他们几个,你今天还有力气跑这儿来发脾气? 要我说呀,让你给老马他们磕个头也不过分。"

"给他磕头?"金老板一脸鄙夷。

刑警冷笑一声,说:"好吧,言归正传。我们有几个问题要向你了解一下,上个月你老家可有两个人到小区找过你儿子,说是带他去摸鱼?"

金老板点点头,他就为那事同保安打了一架。

"那两个人真的是带你儿子去摸鱼吗?"

"大概是说着玩吧,我没见着他们。"金老板回答。

"你知道这两个人现在在哪里吗?"刑警问。

"不知道。"金老板恨恨地说,"那天保安拦他们,把他们气走了。"

"你知道这两个人现在就关在死囚室里等着法院判决吗?"刑警不紧不慢道。

"死囚室?"金老板吃惊得张大了嘴,"为什么?"

"为什么? 他们在邻市绑架杀害了一名 8 岁的男孩,勒索 50 万。先杀人再勒索,孩子一家人都疯了。"刑警顿了一下,"他们原计划是杀你儿子,然后向你勒索,因为芙蓉小区是安全小区,有保安值班登记,所以没绑成。你倒好,在围墙上开个大洞放他们进来。多亏那天保安拦住他们,问了这两个人的情况,你儿子说其中一个是你们老家的'摸鱼叔叔',这两个人暴露了身份,才放弃了这次计划。但他的胶带和磁卡是在我市买的,所以交代了这次犯罪未遂的事,邻市公安机关请我们帮助核实一下这个情况,要不你还蒙在鼓里睡大觉呢。你没想到吧?"

金老板惊得一张大嘴怎么也合不拢,像个傻子一样坐在那里一动也不动。

"我们想找到那天值班的保安,"刑警接着说,"可那名保安因为跟你打架,被解雇了。他下岗在家,好不容易找到这份工作,却被你砸了饭碗。多亏他救了你儿子一条命,你还满世界放话说要找人修理他。"

金老板不知自己是怎样离开刑警队的,他走到他自己店门口的时候,看见隔壁店里一个五六岁的男孩正在父亲怀里咯咯地笑,他的眼泪一下子涌了出来。他想马上去做一件事,就是去找那名保安,给他还有老马磕一个头,然后补交那一年 30 块钱的保安费。

不，30 块钱太少，他要拿出 3 万元钱给小区搞安全。刚刚还令他恼羞成怒的创建安全小区活动，在他眼里一下子变得无比亲切起来。钱算什么？他金老板靠着城市发展赚了不少建筑材料的钱，如果儿子没有了，这钱还有什么用？

他折过身子，大步向芙蓉小区走去，他要抱起他的儿子，挠他的胳肢窝，也让他在自己的怀里咯咯地大笑，然后一同去找救他儿子性命的恩人。

枣 木 园

　　枣木园是一家整洁的快餐馆,店主是一对下岗的中年夫妻,因为不在主街道上,每天就餐的人不是很多,因而显得有些冷清。然而这正是她喜欢上这里的原因。她不喜欢喧闹嘈杂,每天和形形色色的客户打交道已经让她精疲力竭。除了偶尔必不可少的应酬外,她一天两餐几乎完全固定在这家餐馆里。她喜欢这里还有一个原因,就是那对从纺织厂下岗的店主夫妻对她非常友好。前天下午因为整理一份材料,她来迟了,菜盆全都见了底,她正懊悔地准备离开,夫妻俩竟同时开口把她喊住了。他们为她留了饭和菜。这顿饭她和这对夫妻坐在一张桌上,吃着吃着,她突然鼻子一酸,眼前的情景使她想到了远在乡下的父母。她决定放弃公司安排的国庆长假海南七日游,回一趟家。她有半年没回去了。

　　今天她又来迟了,这一次倒不是又有什么材料要急着整理出来,她是有意耽搁的。不知为什么,她开始有点怕再见到他,可她又总是想到他,这让她心烦意乱,下午甚至导致一位客户在和她交谈的时候突然停下来看着她。不,她对自己说,不可能的。她让自己相信那位粗犷却不失英俊的年轻男人每天和她在这间店相遇纯系巧合,至于他偶尔看似不经意传递过来的目光里所蕴含的灼热,可能是自己的一种错觉吧。她原来的男朋友自从去了南方，就没再主动联络过她，后来他的手机竟停了机。只有她自己知道，她曾经是多么爱他。3 年多来，她以为她的心早已死了，可是，可是为什么她现在又开始变得烦躁不安？一切只是因为这个还没跟她说过一句话的粗犷男人。不，不能，她不能任由这种不良的情绪发展下去，几年前她已受够了这种折磨。爱情是一场可怕的灾难，极具杀伤力，所以她要避开这个男人。

令她没想到的是，当她推迟 20 分钟走进枣木园的时候，里面却坐满了人。她忘了今天全区停水，许多平时自己下厨房的人都乐得把自己解放一次，跑到快餐店来吃一顿现成的。走道旁还有一个位子空着，她坐了过去。她暗自庆幸，没有看到那个男人。趁着饭菜送上来的当口，她把手机从包里拿出来放在餐桌上。公司客户部主任说 6 点半左右给她打电话，她的手机铃声不大，她怕放在包里听不见。接下来她开始专心吃端上来的饭菜。她喜欢吃这家店里的炒刨花鱼，这种小干鱼只有一指长，薄薄得就像一片刨花，咸辣适口，特别下饭，而且还不用担心被鱼刺扎着。她小时候被鱼刺扎过喉咙，父亲把她背到乡卫生院，医生用一把镊子把鱼刺夹了出来。从此以后，她再不敢吃超过一指长的淡水鱼类。

她又瞄了一眼餐桌上的手机，可是她的眼睛定住了——餐桌上的手机不翼而飞。它分明刚刚还在手袋旁边。她立即开始寻找，但它已消失得无影无踪。

"我的手机！"她失声喊道，站在了走道上。这部手机可以说是她眼下最贵重的一件私人财产，更要命的是，她正在等一个重要的商务电话。

她的尖叫声让餐厅里的嘈杂声戛然而止。

"我的手机丢了!"她顾不得众人眼光一齐聚焦在她脸上所带来的难堪,开始大声求援,"谁见到了我的手机?"

没人应答她,只有那对下岗的夫妻匆匆向她走过来。

"手机刚刚还在桌上的!"她几乎要哭出来了。

"可是,可是……"一脸忠厚的店主在蹲下来寻找无果后,拿着他那只不锈钢勺子不知所措地看着大家。

这时,有一个人从座位上站了起来,并迅速走了过来。

她一愣,原来是那个粗犷而英俊的年轻男人,她原以为自己迟来能避开他。

他看着她,黑白分明的眼中又流露出那种让她心悸的灼热。"你确信你的手机丢了吗?"他问她,同时向四周扫了一眼。

她点点头。一个多月来,她第一次听到他的说话声,这声音和她想象中的何其相似。

"你的手机号码?"他继续问,从西装内袋里拿出一部黑色的大屏手机,然后看着她的眼睛。

这时,一个瘦小的男人从卡座上站起来,疾步往外走。他一个箭步追了上去。

"你想干什么?"那人被拦住后恼羞成怒。

"大家安静一下。"他用魁梧的身体把那人逼回了座位,"刚才有位女士的手机丢失了,我想有可能被什么人拿错了,同一个牌子的手机做得一模一样,这种事情并非不会发生。好了,"他又看了她一眼,"你的手机号码?"

他依照她报出的号码摁动手机键盘,这时所有的人都放下了勺子,餐厅里呈现出一种令人不安的寂静。

紧接着,一曲《梁祝》哀婉的弦音从那个被逼回座位的瘦男人的胸衣里袅袅而出,将那个人脸色萦绕得煞白。

他仍拿着手机,仿佛沉醉在那支伤心的曲子里,然后再次把灼热的目光投向她:"你的手机铃声是这支曲子吗?"

她用劲地点点头。

"好了,"他说,把手机收进口袋,转向那个几乎瘫在座凳上的男人,"对不起,"他非常平静地说,"能把你的手机给我看一下吗?"

"你凭什么?"

"不凭什么,"他说,"因为你的手机铃声恰好和这位女士丢失的手机铃声一样,而且我打这部电话的时候,你身上的手机恰好也响了,这些巧合有理由让在座的每一位都相信,你可能不慎拿了一部不属于你的手机。"

就在这时,《梁祝》的乐曲又袅袅升起。

她愣了一下,旋即想起来这是客户部主任打来的电话。

"我的电话!"她说,焦急地看着他。

"接听电话。"他伸出一只手,声音变得有些严厉。

"你没权搜我。"那瘦男人往后缩去,开始变得绝望起来。

"我是无权搜你,"他说,"但我有权打电话给110,你要我这么做吗?"

众目睽睽之下,那瘦男人无奈地从上衣口袋里掏出她那部浅灰色的手机,然后趁他接过去的时候,一起身跑了出去。

她接过失而复得的手机,还没来得及道声谢谢,铃声又响了。她赶紧接听。客户部主任要她马上去一趟公司,有一份材料老总要看。等她讲完电话,他已经不见了。她没时间去找他说声谢谢,快步往公司赶去。

她有一个月的时间没去枣木园吃饭,因为她和老总及主任出了一趟远差。但每到吃饭的时候,她都会想到枣木园,想到那个目光灼热的男人,以至于客户部主任常常在饭桌上把她飘走的思绪从几百公里外拉回来。

终于回来了,她第一次感觉到这座有着马头墙屋顶的城市原来是这么可爱。下午6点钟,她带着一种不可抑制的愉快而慌乱的心情走进枣木园。她想,那对朴实的夫妻一定会在久别之后对她格外热情,眼里充满慈爱。这种情形已不止一次,令她在这座陌生的城市里感到少有的温暖。当然,更重要的还是那个目光灼热让她心跳的男人。可是她跨进餐厅的时候,看到的却是他们两口子诧异的眼光。

“你去哪里了?”男店主竟生气地质问她。

她一时不知说什么好,她一直把他们当成父母一样爱戴,可是一个月没来吃他们的饭,他们竟生这么大的气,原来天底下的商人都是一样唯利是图。她的眼泪马上顺着眼角流了下来。她转身离去,发誓再也不踏进来半步。

可是她又被拦了回来,消了气的店主告诉了她一件她做梦也没想到的事情。那个目光灼热的男人因为她的缘故被打伤了,而且因为她的离去而无法找到直接的证人来证明他的无辜。他离开了这座城市,原本他是准备在这座小城开一家影楼的。他是一名摄影师,他爱上了她。

她不相信这一切是真的,但她的眼泪还是忍不住滴在那一沓照片上。她伫立在车牌下等车,街风吹乱了她的长发。她从公司的大楼逐级而下,夕阳在她的身后拖下长长的影子。她在枣木园凝神吃饭,专注地盯着筷子上一片弯曲的刨花鱼片。她弯腰把一张纸币投入一只纸盒,长发像瀑布一样泻下,裙裾被微风卷起,她的面前是一个盘腿屈膝而坐、面黄肌瘦的乞妇……她根本不知道她被拍了这些照片。

"他出院后在这里等了你十几天,"店里的女主人神情忧伤地说,"后来他走了,他要我们把这些照片留给你,说如果你还来吃饭的话。"

"他伤了哪里?"她哽咽着问。

"伤倒不是太重。"男主人叹了一口气道,"可是他最伤心的还是见不到你,我们叫他打你的电话,那天晚上找手机的时候,你把号码给过他。他打了,可是你却没接。"

她的心里猛地一揪,她记得有一个不常拨打的号码,当时她在车上,没听到铃声,后来回拨过去,对方却关了机。

"我去出差了。"她喃喃地说。眼前照片上的她是那么美丽,她从来不知道自己原来是如此动人。她的心一点一点复活了,热血如决堤般在她体内奔涌起来。

她拿出了手机,从电话簿里找出那个手机号码。丢手机的那个晚上，因为她不停地往外打电话而把他在餐厅打的那个号码给挤掉了。当她再一次看到这一排139开头的阿拉伯数字，她心头猛地一跳，她相信那个没接到的电话就是他的。也许就是所谓的心灵感应吧。她用一个英文字母M把它存了起来，M代表着男人，不管她愿不愿意承认，这个用M代表的男人已像潮水一样盈满了她干涸多年的心灵。

电话那头的铃声仿佛从天地间遥远的某一个角落回响过来，一声一声从她的耳膜滑过她的心灵。电话接通了，但听筒里没有说话声，只有《梁祝》那如泣如诉的乐曲流水般在她身上弥漫开来。

"嗨，"话筒里终于传来他沙哑的声音，"是你吗？"

她僵在那里，如同被电流击中。

"枣木园，"他说，"你在枣木园吗？"

她想说是，可她哽咽得说不出话来，灼热的泪水冲破她的眼眶，恣意地奔流而出。

（发表于《安徽文学》2011 年第 4 期）

灰　鸟

（节　选）

　　第二天上午,大概 8 点钟还没到,我爸的电话就来了。等我从床上爬起来,大姐已经接完电话回来了。大姐给我带来一个让我目瞪口呆的坏消息——育红中学不开除我了,他们给我一个处分之后,让我回到学校上课。这个消息对我来说确实是太坏了,不是我不想去上学,而是我不想到地区的学校去上学。大姐曾经对我说过,如果地区没有学校接收我,她就让吴信到太平县中学找一个他当副校长的同学,把我转到县中。这简直是我求之不得的大好事,我做梦都想当一名住校生,这样我不仅能见到牡丹,更重要的是我每周都能见到海棠。在县中读书,我就可以每周堂而皇之地回一趟东风林场。现在一切美好的想象都瞬间化为了泡影。我沮丧地问大姐:"你没跟爸说把我转到县中上学的事呀?"

　　大姐说:"说了,好话都说了一箩筐,爸就是不同意你转到县中。"

　　"又不是他上学,"我突然生气地叫起来,"他为什么不同意?"

　　大姐没吭声,只是有些遗憾地看着我。

　　我突然意识到,整个东风林场知道我不是个好东西的不光是黄毛、老范和老孔,还有我大姐和吴信啊,前者光知道我不是个好东西,后者还知道我坏得都被学校开除了。

罢罢罢,对我这样一个人,爸爸怎么会放心让我一个人在外面住校上学?当初我早该想到这一点。尽管如此,我还是有点不甘心,我对大姐说:"姐,我在育红中学已经好不了了,让我转到县中,我会好好读书的。我跟牡丹说好了,到时候我跟她一起考大学。"

"军军,"大姐按了按我的肩膀,眼中充满了慈爱,"我都跟爸说了,我说让你换一个环境也许就好了,但爸就一句话,他不放心。"

"姐,"我抱住她的肩膀,一边摇着一边哀求她说,"我不想回育红中学,我也不想在地区读书,我就要到县中上学嘛。"

大姐被我可怜巴巴的样子逗笑了,她说:"找你姐夫去,让他跟爸说。"

我一听有戏,我爸一直都喜欢这个表面上老老实实的女婿,让他帮我求求情说不定真的管用。抱着这一线希望,我往吴信办公室跑去。

吴信的办公室里不止他一个人,我把他拉了出来。

"姐夫。"我乖乖喊了他一声。

吴信的眼睛一下子睁得老大,上下打量了我好一会儿,就像从没见过我似的。顺便说一下,我自从认识吴信后,从来都是直呼其名,这是我平生第一次当面喊他姐夫。

"姐夫。"我又喊了他一声,以便让他从迷糊状态中清醒过来。

"呵呵!"吴信笑了,"油菜花开过了啊。"

据说,油菜花开的时候,有精神病的人都要发作,所以我们皖南的方言里说"油菜花开了"就多了一层笑话人的意思。要是换在平时,我早饶不过他了,但那天不一样,我有大事要求他。

"是啊,"我赔着笑说,"早就开过了。"

"说吧,"吴信说,"找我有什么事?"

我把吴信又拉了一段路,我说:"帮我打一个电话给我爸。"

"打电话?"吴信说,"打电话你自己不晓得打?"

"不是,"我说,"是帮我求求情。"

"求情?"吴信警惕地看着我,"求什么情?"

"是这样的,"我恼火地说,"那个该死的育红中学现在不开除我了。"

"这不是好事吗?"吴信如释重负地说。

"好什么事?"我说,"育红中学那个刘老师最恨我,我回去准没好果子吃。"

"那你让我帮你什么?"吴信说,"让育红中学再开除你?"

"也不是,"我说,"你有个同学不是在县中当校长吗?"

"是副校长。"吴信强调道。

"反正是领导,"我说,"把我转到县中读书,怎么样?"

"这……"吴信说,"他是副校长,不知道能不能做得了主啊。"

"喂,"我说,"你上次不是打包票说没问题的吗?"

"上次我这么说了吗?"吴信居然想抵赖。

"刚才我大姐还对我说了这件事,"我告诉他,"是大姐让我来找你的!"

"好好好,我去问问看。"吴信说完就要走。

我又一把拉住他。我说:"还有一件事。"

"还有一件事?"吴信显然被我搞烦了,"还有什么事?"

"打个电话给我爸呀,"我说,"我刚才不是说了吗?"

"你事真多啊!"吴信说,"你说吧,打电话给你爸干什么?"

我把爸爸不让我转学的事跟吴信说了一遍,让他打电话帮我求情。

"你大姐说了都没用,"吴信说,"我说就有用了? 我只是林场的技术员,我不是你们分区的金司令!"

"好啊!"我说,"你不帮我这个忙,到时候别怪我不客气!"

"你你你,"吴信脸涨得通红,说,"我又有什么事惹了你?"

"你没惹我,"我说,"你把那本什么《十日谈》给我看,你是在毒害我们青少年!"

"好、好啊,"吴信结巴了,"你、你偷看这本书?"

"是你让我在书箱里拿书看的,"我说,"怎么叫我偷看?"说完我掉头就走。

吴信追了过来,他咬牙切齿地说:"走吧,你跟我一路去打,爸不同意可怪不得我。"

我暗笑一声,跟吴信到了场长办公室,幸好牟场长不在。

电话终于通了,吴信开始为我说好话,把我说成一朵花。

"是好啊,"吴信说,"不是装的……对对对,换一个环境就不一样了。"

我一听有戏,脸上真是乐开了花。

"什么?"吴信说,"不开除了? 让他回去上学? ……哦,是是是,不让他转过来?"

我一听马上紧张起来，用手直捣吴信的肩膀，提醒他赶快求情。

"还是转过来好，"吴信用一只手把我推开，"什么？不能让他住校？"

"你说你一个同学在当校长。"我压着嗓子对着吴信的另一只耳朵叫。

"哦哦哦，"吴信说，"这个你不用担心，我一个同学在县中当副校长……什么？也不行？"

"他妈的！"我大怒起来，"不行不行，就知道不行！"

"你说谁？"吴信对着话筒喊，"对对对，刚才是军军，他就在旁边……让他接电话？好好。"吴信说完马上把电话递给我，好像那只话筒再不递过来就要烫着他的手一样。

我气呼呼抓过话筒，爸爸的声音马上传了过来。

"是军军吗？"爸爸的声音又细又远。

"是我。"我说。

"吴信说你最近表现不错，"爸爸说，"我怎么听好像都不是真的，是这样吗？"

我愤怒地瞪了吴信一眼。这家伙刚才把我说成一朵花，原来他是用心险恶，说得天花乱坠原来就是让我爸不相信。

"是的。"我大声说，"上次米冲一个小孩掉到河里，还是我跳下去把他救上来的。"

"什么？"爸爸在电话那头显然大吃一惊，"你姐姐和姐夫刚才怎么都没说？你这个小鬼，婆溪河那么深，你怎么这样冒冒失失的呀?"

我一听暗暗叫苦,刚才我还恶狠狠地瞪了吴信一眼,没想到讨好心切,比他还信口开河起来。

"不是婆溪河。"我大声说,"是去苗圃的那条小河。"

"那条小河,"爸爸叫了起来,"水比婆溪河还要急。你这个小鬼,把电话给吴信!"

爸爸的声音很大,吴信早慌了神。我把电话塞到他手里,恨不得把他推个狗吃屎。

不用说,吴信在电话里挨了一通臭骂。但他没敢把我撒谎救人的事捅破,因为他自己就是始作俑者,何况还有那本《十日谈》的把柄抓在我手里。

走出场长办公室,我和吴信相互埋怨。我怪吴信信口开河,吴信怪我胡说八道。吴信摊开两只手说:"我说你好,还有点谱子。你倒好,胡说什么跳河救人,你可是赵家唯一一根香火,你什么不能说,非得说跳河?"

爸爸让我马上回去,转学到县中的事彻底成了泡影。

我垂头丧气地往回走,在井台看到老孔正焦急地四处张望。

两只小灰鸟在笼子旁边的枝头上叽叽叫个不停,看上去又惊恐又疲惫。

"大灰鸟,"老孔对我说,"大灰鸟不见了!"

我根本没心思听他说什么大灰鸟和小灰鸟,回到房间一头栽在床上。

吃中饭的时候,吴信有些尴尬,但我没出卖他。吴信很烦我动不动拿件事要挟他,但他不会讨厌我,如果我没有这些个臭毛病,他甚至会喜欢我。大姐为她没能说服爸爸而愧疚,坐在那伤感地看着我。

"下个星期走吧,"大姐说,眼圈竟有些红了,"也不在乎耽搁这几天了。"

"不用了,"我说,"明天我就走。"

"军军,"吴信突然抓住我的一只手臂,"我跟你一起去,我当面再跟爸爸说说看。县中离林场也不远,我和你姐可以常去看你,还有我两个同学都在那里,照顾你没有问题的。"

"不用了,"我说,"爸是头牛,你们又不是不知道。"

毛头一直睁大眼睛看着我们,这时他终于明白我马上就要回去了。

"我不让阿舅走。"毛头说,跳起来扑到我的怀里。

我的眼泪突然扑簌簌流了下来,毛头见状,嘴一瘪放声大哭起来。

情况怎么会搞得这样糟?我对自己刚才流泪感到非常生气。吴信抱走毛头后,我走进了房间,大姐跟了进来。

"军军。"大姐喊了我一声,眼泪就像断了线的珍珠一泻而下。

"姐,"我说,"干吗呀?"

"让姐夫跟你一块回去,"大姐哽咽道,"爸会同意的。"

"真的不用。"我抱住大姐的肩膀,"放暑假的时候我再回来,也没几个月的时间了。"

大姐泪眼婆娑地看着我,嘴瘪得似乎又要哭出来。我用双手轻轻拍着大姐的脸颊说："姐,乖,别哭啊。"我笑了起来,大姐被我哄得也破涕为笑。我小的时候,基本上都是大姐带着我,在我眼里,大姐更像是我的妈妈。

我决定到场部大院走一个来回,算是跟这里的所有一切告别。我想好了,今晚无论如何也要到海棠家去一趟,管她家隔壁"特务"有多少。

走到井台,我看到那棵杨树下站着好几个人,老孔悲戚地仰头看着树上。两只小雏鸟颤抖着紧偎在一起,发出令人心悸的悲鸣。

"大灰鸟还没回来?"我问一旁的魏胖子。

"大半天了,"魏胖子望着天空,"怎么就没了呢?"

几个在井台洗衣服的妇女也走了过来。老伍老婆问:"大鸟是不是迷路了?"

"你当鸟跟你一样啊?"魏胖子没好气地说,"天上飞的东西怎么会迷路?"

"那它怎么就不来了呢?"老伍老婆不高兴地奚落道,"两个小的在等着吃呢,怎么说不来就不来了?"

"你当是它自己不来?"马会计说,"准是出了什么事情。"

"不会是被那只鹞子害了吧?"魏胖子担心地问,"我昨天还见过那只花脸呢。"

"不会,"我说,"那只花脸昨晚被我打下来了。"

"昨晚?"魏胖子忙问,"在什么地方?"

"就在那,"我指了指柴堆那边的泡桐树,"就在那上面。"

"那只花脸昨天停在那棵树上?"魏胖子惊讶道,"晚上这畜生也来了？"

"昨晚停电，"我说，"是毛头他们看到的。"

"不会是看错了吧？"魏胖子看了看大家，"别不是那只大灰鸟吧？"

"不会的。"我说，心里已经有点没底了，"我看到的就是那只花脸啊。"

"那只花脸呢？"魏胖子问。

"钻到柴堆下面去了。"我说。

"靠不住。"魏胖子点了点头。

老孔已经把脸转了过来，他的脸青得吓人。

我已经慌了神，魏胖子刚才那句话让我心里一点底都没了，我简直不敢想象昨晚打死的会是这只大灰椋鸟。

"不会的。"马会计说，"我清早去上厕所，看到一只大灰鸟从井台这边飞过去了。"

我大大松了一口气，亏得马会计拉屎拉得早，否则我就是跳进黄河也洗不清了。

老孔那张失魂落魄的脸又转向了树上，我赶紧离开了那里。马会计虽然给我洗了清白，但在大灰椋鸟回来之前，我还是脱不了嫌疑。

操场那边一群孩子在用泥块干仗，小猪头跑得飞快，一边扔东西一边嘴里嚯嚯哈哈地叫。鼻涕虫则像邱少云那样匍匐在一旁的草丛里，用嘴巴代替子弹突突突往外射击。好哭鬼打到一半突然停下来，在枪林弹雨中撒起尿来。小八子躲在一棵树后面，不停地向所有的人身上扔泥块。好哭鬼只顾撒尿，成了小八子的活靶子，有一块泥巴突然打在他头上，把他打得哇的一声哭起来。如果是往常，我会捡起一块泥巴打到小八子的头上，但那天我不仅没有那样做，甚至还对他笑了笑。我一下子觉得这些孩子变得无比可爱起来。明天，我在心里对他们说，明天我就要走了，可是你们依然留在这里。我慢慢离开了操场，走到黄毛和老范的房间。大门仍然紧闭着。茶季开始后，他们就回了乡下的老家。不知道他们的老家在什么地方，也不知道他们什么时候能回来。他们走之前求我读《一千零一夜》，可是我一句也没读给他们听。

我转到了锯木厂，看了一遍又一遍那无声无息的车间和电锯。然后我又到了苗圃，但我没有进去。我要把见海棠的时间留在晚上，再也不在乎她家隔壁有多少"特务"，再也不在乎大姐和吴信是否知道这件事，彻夜和她在一起，拥抱她，和她一起哭泣。整整一个下午，我伤感地看了东风林场场部几乎每一个角落，只为了我明天就要离开这里，只为了我明天就要离开海棠。

太阳西坠，远处北海群峰被夕阳染成了令人夺目的橘红色。在黯淡的天地之间，唯有这片裸露着岩石的山峰像金子一样放射出圣洁的光芒。多少年来，每当我读到"天国的光辉"这几个字，我就会想起这一段往事，想起那一片在天际云海间巍峨灿烂的山峦。

胡元龙纵马追知音

（选自长篇小说《天下祁红》第十三章）

那个小伙计是最近两天才来的，他不知这个内情，就出去对来人说："我们老爷不在。"

"胡老爷不在？"余干臣看了一眼天元，问道，"请问这位小兄弟，胡老爷什么时候回来？"

小伙计被这么一问，顿时慌了手脚。

余干臣还想问，天元拉了一下他的衣襟。

"老爷，"天元说，"胡老爷不在，我们走吧。"

小伙计趁这先生模样的人回过头去的当口，刺溜一下就跑开了。

离开培桂山房，余干臣和天元快快地往山坡下走。

"这个胡元龙，"天元一边走，一边恼火地说，"就这么几间破土房，架子比胡雪岩还大，把我们当什么人？当我们是来要饭的？"

余干臣虽然对胡元龙不愿见他很是生气，但天元最后那句话却让他觉得更不中听。他恼羞成怒道："谁他妈的把我们当成要饭的了？你嘴巴里出来就没一句好听的话！胡元龙不在家，叫他怎么见我们？"

"他不在家？"天元回敬道，"你没看出那个小伙计慌里慌张的样子啊?他明显就是撒谎,是姓胡的不想见我们,他才慌里慌张撒谎的。"

"好了。"余干臣停下脚步,"牵你的马去吧。"

天元没敢再吱声,跑到路旁林子里的那片草地去了。

关于胡元龙的为人,余干臣在来之前找冯德馨做了详细的了解。冯德馨对胡元龙评价很高,说了一大堆好话,总之就是,胡元龙这个人急公好义,主持公道,扶危济困,威望很高。

真是耳听为虚,眼见为实啊!余干臣想起冯德馨说到胡元龙时满脸崇敬的样子,不由得长吁一声,对一个虔诚地登门拜访的远客都会拒之门外,他还对得起自己的好名声吗?

天元牵来两匹马,两个人蹬上马鞍,扬鞭往大路上而去。

胡元龙吸完一袋水烟,过足了瘾,站起身子,把银制的烟枪放回桌上,瞄了一眼刚才小伙计送进来的名帖,心想,这个贪杯的秀才这次还弄出个新花样,以为弄了名帖来就管用了吗?又瞄了一眼,把名帖抓在了手里,一遍看下来,惊叫了一声,转身就往外跑。

外面早就没有了余干臣的踪影。胡元龙跑回来,看见那个新来的小伙计,一把抓住他,劈头就问:"刚才来的人呢?"

刚刚坐在书房里抽烟的时候他还在想,如果舒基立的宁红还搞不成功,他就去找那个在尧渡做红茶的余干臣,看看能不能请动他来帮忙。只是听说这个人是举人出身,又做过官,恐怕要费一番周折。不料这个人找上门来,自己却避而不见。

小伙计手往外一指,结结巴巴地说:"走、走、走了。"

胡元龙松开了手,往外走了两步,又退了回来,跑进了后院的马厩，牵出一匹纯白的蒙古马，一跃而上，往山下追去。

快马加鞭跑了两三里地，胡元龙终于在一片林子里追上两个在官道上骑马而行的人，一看其中一个人的衣着相貌，他便猜出了八九分。

又跑上前一丈多路，胡元龙勒住缰绳，翻身跳下马，冲着两个迎面而来的人抱拳问道："请问来人可是余干臣，余先生？"

余干臣见一个满脸胡须、年纪约莫 40 岁的壮汉追赶上来，下马拦在路中间，好生吃了一惊，又听他清清楚楚报出自己的名字，更觉诧异。这地方前不着村，后不巴店，看这汉子彪悍壮实的样子，别说他和天元加起来也不是这个人的对手，就是再来两个帮手也未必打得过这个铁塔一般的壮汉。就在他思忖着如何脱身之时，那人却朗声再次问道："在下胡元龙，请问阁下是余先生吗？"

原来虚惊一场，余干臣赶紧翻身下马，作揖道："在下正是余干臣。久仰胡老爷大名，刚才专程上门拜访，不想胡老爷不在府上，余某只好告辞离开。"

天元也跳下马来，接过余干臣手里的缰绳。刚才一场虚惊，让他的脸色变得煞白，跟余干臣一样，他也以为半路上遇到了强盗。

"什么不在府上啊，"胡元龙愧疚道，"我以为来的又是那个烦人的亲戚，等后来看了名帖，才知道是余先生大驾光临，这不，赶紧追来了，请余先生多多原谅。"说完一揖到底。

余干臣赶紧还礼，口称幸会。

追上余干臣，胡元龙十分高兴，热情无比地把他们请了回去。

培桂山房的正厅里，余干臣和胡元龙也没太多的客套话，坐下来一谈就步入了正题。

"余先生啊，"胡元龙兴奋地说，"这几天我都想到你，就是你刚才走的那下子，我还在想，哪天我一定到尧渡去拜访你。你看看，我们是不是有缘？一想就把你想来了。"

"听说胡先生也在做红茶，"余干臣笑着说，"所以我就冒昧前来，多有打扰，还望胡先生见谅。"

"哪有什么打扰？"胡元龙说，"我可是巴不得见到你。实不相瞒，我请人来做红茶，可是搞了半个多月，也没搞出名堂来。"

"你请的是……"余干臣好奇地问。

"江西修水的人，"胡元龙道，"做的是宁红，不过总做不好。"

"宁红很有名的。"余干臣问，"做出来的茶还有吗？"

"有，多的是呢。"胡元龙道，"今天又做了一点，还是不行！"

"是哪方面不行？"余干臣问，"是汤色还是口味？"

"汤色、口味都不行，"胡元龙道，"我这里也有正宗的宁红，一比就知道了。"

"这样吧，"余干臣说，"我做的是福建坦洋那边的功夫红茶，不过做红茶的道理都是相通的，我可以看看你做茶的过程吗？"

"当然可以。"胡元龙一听大喜，这正是他求之不得的事情，他立即起身把余干臣引到了制红茶的那间作坊。

看过制作流程，余干臣品尝了一杯舒基立制作的茶叶，觉得汤色和口感均如胡元龙所言，汤色暗淡，口感苦涩，绝非正品宁红。余干臣又详细询问了制作过程，凭着自己两年来做红茶的经验，他发现问题的根源在于萎凋不均匀,发酵时间过长,否则绝不会出现上述情况。

余干臣知道胡元龙没有请到正宗的做茶师傅,但他不愿直接说破这件事,而是建议道:"修水和祁门的气温大概不同,舒师傅,你把发酵时间缩短一个时辰看看。"

"可是,"舒基立苦着脸说,"我已经缩短过了。"

发酵的程度除了要看天气、温度、湿度外,还要看揉捻前萎凋程度和揉捻程度、时间等因素,发酵时间过短或过长,都做不出好茶来,看来这个舒基立确实不是个做茶的内行。

"胡先生,"余干臣转过身子道,"或许这里的生叶确实不适合做宁红。如不嫌弃,我可以把做闽红茶的方法在这里试试。"

"哪有什么嫌弃的话?"胡元龙说,"我求之不得呢。"

他要做就是红茶,可不管什么宁红和闽红,只要茶质好能赢利就行。他当初到修水请茶师,完全是因为路近。

"既然这样,"余干臣对站在一旁早已蠢蠢欲动的天元吩咐道,"你在胡先生这里先待下来,我回去以后,再派两个茶师过来,这边的事就交给你了。"

"是的,老爷。"天元兴奋地答应了下来,恨不得马上就开工当起大师傅。

胡元龙大喜,一再表示感谢,吩咐伙计置酒待客。

两人边饮边谈,十分投缘。胡元龙提出和余干臣合作,由福昌传授制茶技术,日顺茶厂生产的红茶则由福昌茶行收购,统一对外销售。

余干臣来贵溪的目的就是寻求与胡元龙的合作,没想到此事竟由胡元龙自己提了出来,他自然爽快地答应了下来。此番合作,既可减少竞争,又解决了茶款短缺之急,余干臣心中十分畅快。

"余先生做的红茶,对外怎么称呼?"胡元龙问。

"这个,"余干臣如实说道,"我仿的是福建坦洋红茶,所以也是以这个名义对外销售的。目前的客户大多知道这回事。今年我把茶厂搬到了历口,准备把红茶做大,正在考虑换一个正式的名称,把它定下来。"

"最好尽快定下名称。"胡元龙建议道,"徽州一带,目前几个做得较大的茶叶品牌,均以地名为号,歙人谢正安所制毛峰出自黄山脚下,即称'黄山毛峰';太平人王魁成所制魁片产于猴坑山中,所以称为'太平猴魁'。我们的茶叶亦可如此效仿,余先生意下如何?"

其实余干臣早有创建自己的红茶品牌的想法,只是怕名头不响,打不开销路。但产业做大了,还仿用别人的品牌也不是个长久之计,因此一直犹豫不决。胡元龙这么一说,终于让他下了自创品牌的决心。

"胡先生此言极是,"他抱拳道,"我看还是直接用'祁门'两字来命名为宜。一则'祁门'两字朝野皆知,咸丰年间,长毛作乱,曾国藩率领部队来祁门驻扎,时间近一年之久,与长毛数番恶战,祁门大营闻名中国。二则日顺、福昌皆在祁门县内,我的红茶也是在历口做成功的,用'祁门'二字名副其实。"

胡元龙大喜道:"那就叫作'祁门红茶',既响亮又实在。"

　　"干脆这样，"余干臣高兴地说，"不妨像福安坦洋那样，加上'功夫'二字，全称就叫'祁门功夫红茶'。"

　　胡元龙和余干臣举杯相庆，把杯中烧酒一干而尽。

说说《夏日的风暴》

《夏日的风暴》是我的长篇处女作，能够获得安徽文学奖，就像当年小说发表在《中国作家》杂志上一样，我感到非常荣幸。我很小的时候就喜欢文学，但直到 2000 年才开始真正意义上的写作。写《夏日的风暴》之前，我写过两个短篇，《围墙》和《枣木园》。这两个短篇都是应单位征文而作，写得很快，都是一天写成的。《围墙》是为全国社会治安综合治理 10 周年征文写的，机关每个人都有任务，因为体裁不限，我就写了小说，结果被评为全省征文一等奖。这两个短篇的发表，再次唤起我多年想写长篇的情结。2002年夏天过后，我开始正儿八经坐下来写作，前后花 2 年多时间，写完了 22 多万字的小说书稿，书名几易，直到《中国作家》当期制版的当天，责编李双丽老师打几个电话催我，我才匆匆定下"夏日的风暴"这个名字。

小说发表后，有人对号入座，这让我始料未及。这部小说没有原型，除借用了部分真实地名外，情节全都是虚构的。小说之所以称为小说，就是因为它是虚构的，不然也不成为小说了。许多所谓有原型的小说，只不过借个人来虚构而已。当然虚构也需要阅历，阅人，阅事，阅书，书看多了，自己编一本书就容易多了。小说的情节虽然是虚构的,但写作的情感是真实的。我相信,要感动别人首先要感动自己,我常常被自己写的东西感动。

　　小说的背景就在本市,屯溪和太平,这两个地方我都非常熟悉。屯溪是我的出生地,我的童年和少年时期都在那里度过。太平我更熟悉了,我一直工作在这个地方。小说的背景主要在屯溪老街、新安江、太平湖,还有海宁学舍等。这期杂志在合肥开研讨会时,安徽教育学院李正西教授认为,小说中江南水光山色、秀丽风景紧密地融合到环境之中的描写,结合着情节的展开,为小说的环境描写增色不少。还有一名与会者在发言中说,看了《夏日的风暴》,他一定要再去一次太平湖,去看看八甲的风光,去看看太平湖旁美丽的女孩。

　　借用真实的地名,应该是受国外文学、影视作品的影响,比如《伊豆的舞女》《雪国》等,欧美的影视作品中真实地名更是比比皆是。真实的地名就像原木家具一样结实漂亮,弃而滥代之,实在可惜。还有一个原因是我热爱我写到的这些地方,我把故事放在这里,希望更多读到这本小说的人知道她们。

　　写作是爱好,就像有人爱好烹饪一样,费尽心思做一桌好菜,就图让自己和别人吃得快活。因为是爱好,所以想写就写,不用给自己定什么目标和任务。其次写作也是一种享受,写作的过程很有意思,尤其是第一人称小说,你既可以在你自己虚拟的世界里行侠仗义,也可以胡作非为,不用负一点责任。当然写作也可以浇心中之块垒,愤怒可以出诗人,那么要宣泄就写小说吧。

代后记

五月,我们以文学的名义相聚

张大文

2019年5月7日,在杭州萧山国际机场逗留两个小时之后,载着我的飞机跃上万米高空,锃亮的机翼划开碧蓝天幕下洁白的云絮一路向南。几乎在同一时刻,我的52个或阔别多年、或虽未谋面却心仪已久的同伴,已经或正从寒意未退的遥远北国、莺歌燕舞的苍山洱海、万物复苏的呼伦贝尔草原、麦穗泛黄的中原腹地出发,乘坐各式现代化交通工具,与我向着同一个目的地而飞跃在万水千山之间。关于南国,逐渐从混沌的想象,清晰地化作车窗外渐次出现的摩肩接踵的林立高楼,车水马龙的马路两旁迎风起舞的椰子树,逶迤排列开去直至远方的桑基鱼塘。孤独而漫长的旅程在顺德城花园酒店店堂得以中止,在心中念想多日的同伴先后抵达,接下来是怯怯地自我介绍、紧紧地握手和热情地拥抱。顺德三日,我们结伴而行,在沐浴着朝晖的小巷里感受煎鱼饼的酥香和双皮奶的甜糯,在夕阳中的顺峰山上眺望城市灯火次第亮起,绵延天际。坐落在城区中心的清晖园里,老树繁花,假山峥嵘,锦鲤游弋,流水淙淙,数不清的亭台楼榭在奇树异木一派浓绿的掩映之中,尽显岭南园林的古朴雅致。在美的集团经营历史陈列馆,我们领略了这家蜚声世界的企业,半个世纪前从生产塑料瓶盖、玻璃瓶盖和皮球的小作坊起步,转战汽车刹车阀和电风扇市场,继而在冰箱、洗衣机、吸尘器等家电领域纵横捭阖,叱咤风云,逐步成长为大型中央空调企业中的翘楚,如今拥有世界范围内约200家子公司、60多个海外分支机构及12个战略业务单位,正在"一带一路"世纪伟业中高歌猛进。美的蓬勃发展的50年与我们祖国的发展同频,与这个伟大的时代共振,如5月的顺德,葱茏碧绿,生机无限。

顺德三日,我们所有的交流似乎只围绕着一个话题,如同顺德城内无处不洋溢着的白兰花的清香。

5月8日,《人民司法》杂志社在花园酒店会议室召开的第三届"天平杯"征文颁奖座谈会上,全国法院各路才俊齐聚一堂,颁奖仪式简朴、随性,却也不失庄重,获奖证书使得获奖作者们的脸色更显红润。在随后进行的分享创作经验座谈时,我很讶异获奖作者们不仅拥有生花妙笔著的一手好文章,而且还口吐莲花,介绍创作心得抑扬顿挫、滔滔不绝,得到了在场《人民司法》柳福华总编辑的充分好评。柳总编的总结讲话言简意赅,但对文学的见解独到而深刻,也使我陷入对法院、法官和文学之间关系的深深思考。

我所在的法院干警不足百人,但文学爱好者众多,其中不乏中国作协及省作协会员,有省政府及市政府文学奖获得者。今年初,我院选取包括我本人在内的6名干警历年来发表在各级报刊的部分文学作品汇编成册,由安徽文艺出版社编辑出版。书取名《甘棠树下》,一是因为法院所在地名为甘棠镇,同时,"甘棠树下"还是一则源自《诗经》的典故:西周初年,周文王的儿子召公在主政陕州一带时,经常到乡邑巡视。为了不打扰百姓,他常在一棵树冠茂密的甘棠树下处理政务,调解纠纷,决狱断案。百姓有需求,他就在甘棠树下"现场办公",饿了就采食甘棠树的果子。"召公卒,而民人思召公之政,怀棠树不敢伐,歌咏之,作甘棠之诗。""衙斋卧听萧萧竹,疑是民间疾苦声",自古文人官员就怀有强烈的家国情怀。而一个经受文学熏染的时代法官,显然更能自觉接受、积极传承这种宝贵品质,更能把握自身职业在当今时代中的角色定位,彰显司法责任与担当。

一个经受文学熏染的法官也显然更具人文情怀,能使至刚的法律散发出人性的柔情与光芒。20世纪90年代初,我曾主审一起丈夫伤害妻子致其死亡案件。丈夫为人勤奋,性格木讷;妻子性格轻浮,好吃懒做。村里风言风语不断,但其夫不以为意,每日里外出做木工维持全家生计。某日夜深丈夫收工回家,见妻与妍夫睡在自家床上,丈夫持木工斧追打妍夫,妻在阻拦时被丈夫利斧所伤,失血过多死亡。受理案件后,我去看守所向那位丈夫送达起诉书时,他突然向我下跪,原来他自以为杀人当偿命,他求我在其被枪决之后,能将其器官出售给医院,作为其8岁的儿子读书生活费用。我默然未作答。后该犯被判处有期徒刑15年。其入狱后,我曾去山村看望他的孩子,送了少量衣物和钱款,还联系了当地妇联、团委将那孩子列为助学对象,直到他初中毕业外出打工后才断了联系。前不久的一天,单位门卫交给我用塑料袋装的半斤茶叶和一封字迹歪斜的信,看了信的内容,结合门卫给我说的情况,我了解到事情的大致经过:当年我审判的那名罪犯去年底刑满出狱后，曾到我原来工作的中院找我多次，最近才打听到我已调往100多公里外的这家基层法院工作。他这次专程来感谢我在他服刑期间对他儿子的照应，半斤茶叶是他自己摘的，希望我能收下。而门卫见他衣裳破旧，对我的情况又语焉不详，便借口我出差在外将他打发走了，令我一连几日隐隐感到歉疚。

所谓"人情练达即文章"，一个经受文学熏染的法官，大多具备洞察世事的大智慧，深谙风俗人情，心底玲珑清澈，经过三言两语的交流，就能把握当事人的内心状态和真实诉求，找到法律框架内诉讼双方利益最大化的平衡支点。坚硬晦涩的法律条文在他的口中浅显而生动，如春风化雨，当事人那些原本僵硬扭曲的表情逐渐舒缓生动，心中郁积的块垒消泯于无形。随着双方当事人在法官拟定的调解协议上签字捺印，原本已坍塌的通向彼此的心桥终被修复。目送着当事人步履轻松地走出法院，法官蓦然觉得窗外鸟雀啾鸣，阳光正好。

文学即人学。审判法庭里每天上演着人间悲喜剧。前几日还前呼后拥四处调研指导工作的官员，不经意间成了法庭上被指控为贪腐的被告人，脸若死灰，发如枯草，与以前电视屏幕上趾高气扬的他判若两人；被判了重刑的青少年泪眼婆娑地望着囚车外呼天抢地、捶胸顿足的父母，嘴唇哆嗦着却不知如何表达心中无尽的悔意；曾经有过多少花墙月下的柔情蜜意，有过多少凄风冷雨中的相濡以沫，终因一个无法原谅的过错，一对曾经的情侣从此永为陌路；曾因蒙受欺凌屈辱而多方奔走呼号，忧愤交加度过无数不眠之夜，法槌一声脆响宛如一声惊雷驱散乌云重重，才恍然这世界原本清风徐徐,乾坤朗朗。这一幕幕人间悲喜剧就是一部部丝丝入扣、动人心弦的文学作品,30年的法官生涯为我积淀了丰富的文学素材。近些年公务之余我坚持笔耕,相继出版了两部散文集,但多以讴歌家乡风土人情为题材,较少触及本职工作,一则因身在此山中,难以客观全面地表述当今法院人的生存状态;再则每日里事务纷纷籍籍,总不免一叶障目,需要经过时间的沉淀和酝酿。相信只要念兹在兹,假以时日,我终能为读者献上一篇篇展现当代法院人风采的芳香醇厚的文学作品。

写作者的灵魂是自由的,经受文学熏染的法官是幸福的,而为法官守护这份幸福的《人民司法》杂志社各位同仁,其功莫大焉!

图 片 提 供

陈雪君　程新凤　孙华平

赵忠仁　刘宗平　吕素华

唐德有　叶玉珍　郑国和